Zu diesem Buch

«In diesen siebzehn vergnüglichen Geschichten aus bekannten Schauplätzen des modernen Fremdenverkehrs begegnen wir einer anderen Welt, als wir sie aus den bunten Prospekten der Reisebüros kennen. Obwohl diese lustigen Geschichten überall Schmunzeln und Gelächter hervorrufen, lehnt es der viel- und weitgereiste Manfred Schmidt entschieden ab, als Humorist oder Satiriker eingestuft zu werden. Er will nur Berichterstatter sein, gibt aber zu, dank seiner ausgeprägten Beobachtungsgabe Land und Leute jeweils so zu sehen, wie sie wirklich sind. ‹Komisch ist nur, was um mich herum passiert, und darauf habe ich nicht den geringsten Einfluß.›» («Bücherschau»).

«Das Buch ist amüsant und immer leseleicht geschrieben. Unterhaltsam sind die Erfahrungen des Autors in diversen römischen Bars und seine Erlebnisse als Karikaturist auf dem Montmartre. Höchst vergnüglich schildert er, wie man mit Hilfe eines gelben Rolls-Royce bayerische Toiletten sanieren könnte» («Frankfurter Allgemeine Zeitung»).

Manfred Schmidt, geboren am 15. April 1913, wuchs in Bremen auf, wo er auch das Abitur ablegte. Nach einem Jahr Kunstgewerbeschule versuchte er in Berlin Filmregisseur zu werden. Als daraus nichts wurde, fand er Arbeit als Karikaturist bei Ullstein («BZ», «Berliner Morgenpost», «Berliner Illustrirte»). Nach dem Krieg zuerst in Rowohlts «Pinguin»-Redaktion, dann bei «Quick» sieben Jahre Nick Knatterton, danach Reisereporter, seit Jahren auch Filmproduzent. Er ist verheiratet und hat zwei Kinder.

In der Reihe der rororo-Taschenbücher liegen vor: «Mit Frau Meier in die Wüste. Eine Auswahl verschmidtster Reportagen» (Nr. 907), «Frau Meier reist weiter. Eine neue Auswahl verschmidtster Reportagen» (Nr. 1081) und «Nick Knatterton», Band 1 (Nr. 4033), Band 2 (Nr. 4102).

Manfred Schmidt

Das schnellste Hotel der Welt

Verschmidtste Geschichten

rororo

Rowohlt

Veröffentlicht im Rowohlt Taschenbuch Verlag GmbH,
Reinbek bei Hamburg, August 1986

Umschlagentwurf Manfred Waller und Georg Meyer
unter Verwendung einer Zeichnung
von Manfred Schmidt
Gesamtherstellung Clausen & Bosse, Leck
Printed in Germany
680-ISBN 3 499 15785 3

Inhalt

Das schnellste Hotel der Welt

«Bei mir können Sie, wenn Sie wollen, im Bett durchs Heilige Land rollen und die Schönheiten des Orients im Liegen an sich vorüberziehen lassen!»

Diesen überraschenden Reisevorschlag machte mir Herr Georg Höltl, der Erfinder des rollenden Hotels, in der Patentschrift kurz «Rotel» genannt.

Das Rotel ist die logische Weiterentwicklung des allgemein bekannten «Motels», wo man mit dem Auto bis unmittelbar an oder unter sein Hotelbett fährt. Im neuen Rotel kann man nun sogar mitsamt dem Hotelbett Auto fahren und schauend, schlafend oder essend ganze Kontinente durchqueren.

Die Bekanntschaft mit dem Schöpfer dieses fortschrittlichen Reisestils machte ich an einer Autobahn-Raststätte, als der mit Recht stolze Erfinder seinen nagelneuen, zweistöckigen Urlauber-Transporter von der Karosseriefabrik abgeholt hatte und nach München überführte.

Staunend stand ich vor dem silberglänzenden Ungetüm, dem komfortabelsten Giganten der Landstraße, den es je gab. Stolz führte mich der Rotelier durch seine raffiniert ausgeklügelte ambulante Herberge.

Im Parterre befand sich hinter großen Aussichtsfenstern die Rotel-Halle: Vierundzwanzig Pullman-Sessel mit dem neuesten Sitzgefühl, eine Bar mit Getränken für harte Männer und weiche Frauen, ein Fernsehapparat für Freunde der Mattscheibe und eine Musik-Berieselungsanlage mit Tonbändern für jeden Geschmack.

Die chromblitzende Küche im Heck war mit allem ausgestattet, was Frauen angeblich wünschen. Gegenüber lockten zwei Kleinstwaschräume mit Dusche, daneben ein WC mit echtem W.

Warum soll man nicht darüber sprechen? Jeder erfahrene Omnibusreisende wird die Frage nach so einem sanitären Wunschtraum auf der Zunge haben.

Georg Höltl löste dieses drückende Problem. Sein Super-Bus ist voll kanalisiert und hat einen 500 Liter fassenden Abwassertank, der bei einem gewissen Pegelstand diskret in einem Waldstück oder an anderen aufnahmefähigen Plätzen durch einen Hebelzug des Fahrers entleert wird. Die Versuchung, den Hebel bei mühsamen Überhol-Manövern zu ziehen, ist natürlich groß.

Über eine veloursbelegte Treppe ging es hinauf in den ersten Stock des rollenden Hotels, wo ich das wirklich Allerneueste auf dem Gebiet der Reiseschlaftechnik bewundern durfte: Die sogenannten «Schlupfkabinen», vierundzwanzig in zwei Reihen übereinanderliegende Schlafkojen. Der Pfiff der Lagerstätten liegt darin, daß jedes Bett seine eigenen vier Wände hat und nur durch ein Schlupfloch am Fußende zu bekriechen ist. Daher der Name «Schlupfkabine».

Ich ließ meiner Begeisterung über die geniale Raumausnutzung wohl allzu freien Lauf, denn Herr Höltl lud mich zur Jungfernfahrt ein: «Nächsten Samstag geht es ab nach Jerusalem, alle Plätze ausverkauft, aber ein Gast steigt erst in Belgrad zu. Wenn Sie zwei Tage mitfahren wollen, bitte!» Eine Jungfernfahrt mit vierundzwanzig Betten – das habe ich mir natürlich nicht entgehen lassen.

Als ich am Abfahrts-Samstag um sieben Uhr früh das Rotel an der Münchner Theresienwiese bestieg, wurden mir von einem Rezeptionschef in schwarzem Maßanzug der Pullman-Sessel Nummer 3 und die Schlupfkabine Nummer 23 zugewiesen. Mein Koffer verschwand im Gesäß des Diesel-Ungetüms.

Ich ließ mich in den Sessel fallen und sah mir die Mitreisenden an. Wer war bereit, in drei Wochen 11000 (elftausend) Kilometer auf wirklich *einem* Sitz hinter sich zu bringen?

Das Hauptkontingent stellten rüstige alte Damen von jenem alerten Typ, der keine Zweifel kennt und deshalb von enormer Vitalität und Widerstandskraft ist. Sechs dieser mobilen Matronen führten Ehemänner mit. Zwei Diakonissinnen und drei alleinreisende Herren, die hier keinerlei Gefahren ausgesetzt waren, bildeten den Rest der Morgenlandfahrer. Ich war, obwohl auch schon reiferen Alters, das Nesthäkchen. (Das Durchschnittsalter soll sich allerdings im Sommer stark nach unten verschieben.)

Meine Nachbarin zur Rechten, mit der ich leise

Jeder Landstraßenbenutzer glaubt zu träumen, wenn er die schnellste Herberge der Welt mit achtzig Stundenkilometern, vierundzwanzig Mi-

ni-Schlafzimmern und komplettem Hotel-Service vorbeirauschen sieht. Der Superbus ist aber eine Realität.

Tuchfühlung hatte, legte im Moment der Abfahrt einen Stenogrammblock, einen scharf gespitzten Bleistift und einen Radiergummi vor sich auf den Tisch. Die Vielzahl der Eindrücke, mit denen auf 11000 Kilometern zu rechnen war, sollte chronologisch festgehalten werden.

Der Bus «Oktoberwiese–Jerusalem mit Bett und ohne Umsteigen» rauschte durch die Münchner Innenstadt, und der Reiseleiter begrüßte per Mikrofon die Jungfernfahrer. Er wies vorsorglich darauf hin, daß die erste Schlupfkabinennacht oft mit einer kleinen Eingewöhnungskrise (Klaustrophobie) verbunden sei und kündigte das erste Rotel-Frühstück an. In blütenweißer Jacke servierte es der Rotel-Kellner auf kleinen Edelholzbrettchen mit Vertiefungen für Becher und Teller, während aus dem Lautsprecher das so optimistische Marschlied vom Sanitätsgefreiten Neumann erklang.

Neben mir jenseits des Ganges (das Rotel macht übrigens auch Fahrten nach Indien) saß eine walkürenhafte Dame in einem Kleid von leuchtendstem Lila. Sie hatte einen lindgrünen Plastikeimer bei sich, in dem sie alle möglichen Gegenstände des täglichen Bedarfs verwahrte. Ich muß dieses seltsame Reise-Necessaire wohl etwas erstaunt gemustert haben, denn die Nachbarin wandte sich mir zu und fragte: «Sie reisen zum erstenmal in Höltls rollender Vollpension?» Das mußte ich zugeben und bekam nun erzählt, daß unser Rotel ein legitimes Kind des bewährten sechsunddreißigbettigen Höltl-Schlafanhängers war, der von einem normalen Reisebus durch die Lande gezogen und nachts auf Camping-Plätzen abgestellt wurde. Dieser Rotel-Vorgänger hatte noch keine Waschräume, geschweige denn fließend Wasser. Deshalb gehörte ein Eimer zur Standardausrüstung jedes Reisenden. Nun führte die Dame den Eimer als Talisman mit, denn er hatte sie bereits durch ganz Europa, Nordafrika, Rußland und sogar Indien begleitet. Es war der weitgereisteste Eimer, den ich je sah.

Die Schlafanhänger-Veteranin berichtete, daß sie alljährlich sechs Monate lang Omnibus-Pauschalreisen macht, sich durch ferne Länder kutschieren läßt und nachts in Schlupfkabinen schlummert.

Die lila Globetrotterin bezieht eine bescheidene monatliche Witwenpension, die genau dem Preis einer vierwöchigen Höltl-Reise entspricht. (Alles inklusive, jede Menge Tee zu jeder Tageszeit kostenlos.) Theoretisch könnten alle Pensionäre der mittleren Beamtenlaufbahn einen mehr oder weniger geruhsamen Lebensabend auf der Achse verbringen.

Leider hatte meine Nachbarin den Suchfimmel. Alle paar Minuten stand sie auf und bückte sich zu ihrem Eimer, um irgend etwas herauszufummeln. Das passierte immer gerade dann, wenn der Reiseleiter auf irgendeine Sehenswürdigkeit zu meiner Linken hinwies, einen majestätischen Gipfel, ein berühmtes Bauwerk oder ähnliches. Ich sah dann nur ein gigantisches lila Hinterteil, das für mich zum bleibendsten Eindruck dieser Reise werden sollte.

Während rundherum Urlaubserlebnisse aus Kalkutta, Casablanca, Smyrna, Kairo oder Sevilla ausgetauscht wurden, servierte der Kellner das Mittagessen. Wer besondere Wünsche hatte, konnte sich die Zusatz-

Speisekarte reichen lassen, deren letzte Zeile lautete: «Alle zwei Tage werden die Koffer gereicht!» Man muß also für 48 Stunden vorausdisponieren.

Bei Einbruch der Dunkelheit hielten wir mitten in Graz auf einem öffentlichen Parkplatz, vor einer barocken, von Scheinwerfern angestrahlten Kirche. Dank seiner sanitären Durchkonstruiertheit kann das rollende Hotel seinen Beherbergungszweck ja an jeder Bordsteinkante erfüllen. Wegen der Länge des Fahrzeugs mußten allerdings drei Parkuhren bedient werden.

Binnen kurzem war das aufsehenerregende Gefährt von einer staunenden Menge umgeben.

Ich verließ den Bus, um den Gesprächen der Einheimischen zu lauschen. Die Leute waren der Bewunderung voll.

Der Anblick des hellerleuchteten Rotels war wirklich überwältigend: Hinter seinem großen Aussichtsfenster schwenkte würzend und rührend ein Koch blitzende Kasserollen, und ein weißlivrierter Ober bediente mit Grandezza die in schwellenden Polstern speisenden Gäste.

Im ersten Stock schimmerten diskret und illusionsfördernd die Schlafkabinen-Fenster. Die Silhouette einer sich umkleidenden Gestalt gab dem Ganzen eine pikante, fast pariserische Note. Das Rotel wurde für die Umstehenden zu einem großen Reiselustwecker.

Die Vorteile lagen für jeden auf der Hand: Kein Ärger mit täglich neuen Hotels und ungewohnter Küche und auf der ganzen Reise das gleiche, eigene Bett. Nur ein schnauzbärtiger Grazer im Steirerhut schimpfte wie ein Rohrspatz: Das Ganze sei ein Skandal und führe zum Ruin des einheimischen Gastgewerbes. Er betrieb nämlich das gegenüberliegende Restaurant, dessen leere Tische die im Rotel speisenden Orientfahrer durchs Fenster sehen konnten.

Nach dem Abendessen nahmen sich die Unternehmungslustigen unter den Passagieren einen «Hausschlüssel» vom Schlüsselbrett und zerstreuten sich in Graz, was in dieser kreuzbraven Stadt nach neun Uhr abends gar nicht so einfach ist. Nach Besuch einiger Weinstuben zur Erreichung der nötigen Schlupfkabinenschwere kehrte ich heim zum motorisierten Stück Heimat. Im Parterre saß noch eine fröhliche Runde beim Skatspiel und Fernsehen zusammen.

Und bald nahte auch für die letzten die Schlupfzeit, wie man hier wohl sagen darf.

Das Entkleiden in dem schmalen Gang vor den Bettkabinen will gelernt sein. Während ich versuchte, unter übergezogenem Morgenmantel meine Hose unauffällig abzustreifen, werkelte zwei Meter weiter die Walküre, deren größter Durchmesser genau der Gangbreite entsprach, unter einer sogenannten «Umkleideglocke». Im klassischen Stil der Entfesselungskünstler brachte sie ihre Garderobe Stück für Stück ans schummerige Nachtlicht.

Nach dem erfolgreichen Festnesteln meiner Pyjamahose machte ich mich daran, mein Hemd über den Kopf zu streifen, was bei einem Zwischenraum von knapp anderthalb Zentimetern zwischen Scheitel und Dach gar nicht so einfach war.

Da kitzelte mich am Nacken eine warme Hand, die sich als Fuß entpuppte: Der Einlieger der Oberkabine tastete den schmalen Luftraum ab, weil er noch einmal ausschlüpfen wollte. Ich trat zur Seite, und der Herr, der über mir wohnte, ließ sich herunter. Er trug ein langes weißes Nachthemd mit reicher Kreuzsticharbeit, dazu eine Zipfelmütze. Zusammen mit der Dame, die soeben ihren Entfesselungsakt beendet hatte und nun ebenfalls in knöchellangem Nachtgewand nebst Zipfelmütze dastand, brachte er einen Hauch von Spitzweg-Romantik in das schnellste Hotel der Welt.

Als ich mich auf den Rand des Schlupfloches zu meiner Lagerstatt setzte und rückwärts hineinrutschen wollte, warnte mich der Zipfelmützenträger, ein erfahrener Schlüpfer: «So geht es nicht! Dann stecken Sie drin wie ein zusammengeklapptes Taschenmesser. Hineinrobben müssen Sie, auf dem Bauch. Das haben Sie doch sicher mal gelernt!»

Und wie ich das gelernt hatte!

Vorschriftsmäßig robbte ich mich zum Kopfkissen vor, schaltete die Leselampe ein und öffnete das Klappfenster, durch das man ohne weiteres ins Freie robben könnte, wenn die Fallhöhe nicht drei Meter betrüge. Man schläft im Rotel sozusagen mit dem Kopf auf dem Fensterbrett. Deshalb ist für Leute, die bei offener Klappe zu schlafen wünschen, eine Zipfelmütze unentbehrlich. Ich knotete mir ein Handtuch um den Kopf und muß auf Außenstehende den Eindruck eines Zahnkranken gemacht haben. In meiner länglichen Schachtel aus blendendweißen Kunststoffwänden konnte ich

Dieser Schlupfkabinenquerschnitt zeigt das falsche und das richtige Einschlüpfen: Der rückwärts einschlüpfende Herr des Oberbettes fährt sich unweigerlich fest, denn er kann sich nicht mehr aufrichten. Die Bezieherin des unteren Bettes macht es richtig. (Die Kabinen sind natürlich seitlich von festen Wänden abgeschlossen. Sie wurden auf der Zeichnung zwecks besserer Einsicht weggelassen.)

mich drehen und wenden, wie ich wollte. Nur zwei von den vielen Anforderungen, die man an ein Bett zu stellen gewohnt ist, erfüllt die Schlupfkabine nicht. Eine davon: Man kann sich nicht aufrichten.

Beim Einschlafen quälte mich der Gedanke, daß ein Witzbold oder der vorhin so empörte einheimische Gastwirt womöglich einen Knallkörper oder Kanonenschlag unter dem Bus explodieren lassen könnte. Dann würden bei den hochschreckenden Schlupfkabinenschläfern auf einen Schlag vierundzwanzig prächtige Beulen entstehen.

Aber die Nacht blieb ruhig, ich schlief hervorragend, und zwar in doppelter Bedeutung: Im Schlaf muß ich mich etwas verschoben haben, so daß die Füße in den Gang hineinragten.

Morgens früh um sechs Uhr fuhr ich aus tiefstem Schlaf hoch, weil mich was an den Füßen kitzelte. Während ich eine schnell wachsende Beule abtastete, war auf dem Gang Wispern und Tuscheln zu hören, denn dort begann der Frühverkehr.

Ich warf einen Blick auf die Straße und beobachtete, wie unser Koch ein paar Kartons mit leeren Konservenbüchsen und Flaschen neben dem Mülleimer des gegenüberliegenden Gasthauses abstellte. Der Wirt kann also nicht mehr behaupten, die Rotel-Gäste ließen nichts im Lande.

Mit den Füßen schob ich den Schlupflochvorhang zurück, legte mich auf den Bauch und versuchte, auszuschlüpfen. Da spürte ich zwei von oben kommende Fremdfüße an meinen Waden. Es war der Herr vom Oberbett, der nach dem ungeschriebenen Rotel-Kodex Vorfahrt hatte. Nach seinem Ausschlupf ließ ich mich in den Gang rutschen und stand am Ende einer zwölfköpfigen Schlange vor den zwei Waschräumen.

Wenn jeder der mit «Kulturbeutel» und Handtuch bewaffneten Sauberkeits-Aspiranten nur fünf Minuten drin blieb, war schon mit einer halbstündigen Wartezeit zu rechnen. Mein Rotel-erfahrener Vordermann riet mir, wieder einzuschlüpfen. So ein Gedränge herrsche nur sonntags, weil da alles gleichzeitig zur Frühmesse will.

Mir war nicht danach, die konfessionell begründete Stoßzeit der sanitären Anlagen abzuwarten. Ich zog meinen Trenchcoat über das Nachtgewand, hüpfte aus dem Rotel auf die Straße, stieg in ein Taxi und ließ mich zum fünf Kilometer entfernten Hauptbahnhof fahren. Beim Durcheilen der Schalterhalle in Richtung Waschräume musterten einige Grazer Frühaufsteher interessiert die gestreifte, nach entlaufenem Sträfling aussehende Pyjamahose, die unter meinem Mantel herausguckte. Es schritt aber niemand ein, was als schöner Beweis österreichischer Toleranz gelten darf.

Durch Einwurf eines Schilling-Stücks, das sich dank einer gütigen Vorsehung im Mantelfutter anfand, erschloß sich mir ein Waschraum mit allem Komfort.

Nach beendeter Morgentoilette drückte ich die Klinke herunter, die Tür öffnete sich aber nur um fünf Zentimeter, dann schnappte die Schließ-Automatik wieder ein.

Weit und breit kein Mensch. Ich bummerte mit den Fäusten gegen die Tür – ohne Erfolg. Nach zehn Minuten schwankte ein Trunkenbold in die gekachelten Kellerräume. Durch den Spalt versuchte ich, ihn zum Einwurf einer Münze zu veranlassen. Er hatte kein Kleingeld und krümmte sich vor Lachen. In meinem Mantelfutter war auch nichts mehr. Der fröhliche Mann verschwand schnell, denn sein Zug ging in einer Minute.

Da stand ich nun, nur mit Pyjama und dünnem Mantel bekleidet, bargeldlos und ohne Paß, gefangen in einer Zelle im Keller eines ausländischen Bahnhofs. Viel tiefer kann ein Vergnügungsreisender wohl kaum sinken. Die Abfahrtszeit des Rotels nahte, aber kein Befreier.

Erst kurz nach sieben trat die Wärterin ihren Dienst an und ließ mich laufen. Ich rannte durch die Bahnhofshalle, sprang in ein Taxi und dankte meinem Schöpfer, daß mich kein Polizist sah. Gerade noch rechtzeitig erreichte ich das Rotel, wo man sich schon Sorgen machte.

Am nächsten Abend legte ich mich im größten Bett meines Lebens zum Schlafen nieder. Es stand in einem nichtmotorisierten Belgrader Hotelzimmer und hatte ganz normale Einzelbett-Dimensionen. Aber nach der Schlupfkabinen-Nacht vermittelte es mir das Gefühl unendlicher Weite.

20 000 Fremdenbetten – und nur 20 echte Casanovas

Giacomo Casanova, geboren am 2. April 1725 in Venedig, war der wohl berühmteste Vergnügungsreisende, den es je gab. Die Strapazen, die er bei seinen Reisen kreuz und quer durch Europa auf Pferderücken und in holpernden Kaleschen zu erdulden hatte, waren gewaltig. Um so mehr verdient die Lebendigkeit, mit der er in den Herbergen tätig war, unsere Bewunderung.

Der Name Casanovas ist durch die Aufrichtigkeit seiner *Memoiren* etwas anrüchig. Der mit allen Wassern gewaschene Venezianer hat geschäftlich viele krumme Dinger gedreht, aber in Sachen Liebe stets den geradesten Weg beschritten. Gerissener Glücksspieler, Wechselreiter, Makler mit Staatsanleihen, Scharlatan, Lotterie-Erfinder, Meister im Lockermachen des Geldes anderer und Meister der Beobachtung, wie die Lebensbeichte beweist, die er im Alter als kleiner, schlecht besoldeter Bibliothekar eines böhmischen Edelmannes schrieb.

Einer seiner Nachkommen, Advokat Boesio Casanova aus Ravenna, lud nun alle Träger des Namens Casanova zu einem Kongreß nach Milano-Marittima ein.

Ein Welt-Casanova-Treffen – welcher verantwortungsbewußte Journalist würde sich das entgehen lassen? Ich machte mich also auf an die von sonnenhungrigen Deutschen bevorzugte und deshalb «Teutonengrill» genannte Adriaküste.

Als ich in Milano-Marittima ankam, war kaum ein Mensch auf den Straßen. Lag es an der Vorsaison? Oder hatte etwa der Schreckensschrei «Schließt die Mädchen ein, die Casanovas kommen!» die Promenaden leergefegt?

Da sah ich aus einem Hoteleingang rund fünfzig kraftstrotzende, schwarzgelockte Südländer in Festtagsanzügen herausquellen und sich zu einem Gruppenfoto aufbauen. Ihre Augen blitzten unternehmungslustig, und die Nähte der Anzüge schienen vor lauter Vitalität zu platzen.

Das mußten die Casanovas sein!

Ich trat auf die Bremse, stieg aus und wurde belehrt, daß es sich hier um den «Kongreß des Zentralverbandes der italienischen Schweinezüchter» handelte, der seine Tagung zur Klärung aller mit dem Schwein zusammenhängenden Fragen ausgerechnet im *Hotel Rouge* abhielt. Unter homerischem Gelächter wurde ich ins Hotel *Aurelia* verwiesen, «denn hier geht es um andere Schweinereien, hahaha ...»

In der Halle des *Aurelia*-Hotelpalastes herrschte Hochbetrieb. Es wimmelte von Journalisten, die aus Rom, Madrid, London und Wien hierhergeflogen waren, um das nachweislich ständig wachsende Leser-Interesse für alle mit der tätigen Liebe zusammenhängenden Fragen in Wort und Bild zu befriedigen.

Als ich die Halle betrat, stürzten sich die internationalen Meister des Vakublitzes und des Stenoblocks auf mich und fragten in mehreren Zungen, ob ich ein Casanova sei. Das mußte ich verneinen, nicht wegen Mangels an Versuchen, sondern wegen ausgebliebener Erfolge. Enttäuscht ließen die Kollegen von mir ab und kreisten einen schon etwas tatterigen alten Herrn ein, der mit zwei sehr steifen, elegant gekleideten Señoras die Hoteltreppe heraufkam. Es war der Marchese Antonio Casanova di Altedo aus Barcelona, der sich mit Müdigkeit entschuldigte, keine Auskünfte gab und sofort in seinem Zimmer verschwand.

Alle Journalisten notierten den köstlichen Scherz: «Ein Casanova entschuldigt sich mit Müdigkeit! Wenn das sein Vorfahr wüßte!»

Dann präsentierte sich ein verhutzeltes Weiblein als Szilla Maria Casanova aus Genua und kicherte auf Befragen meckernd: «Jawohl, unverheiratet – ich hasse alle Männer!»

Die Jungfrau Casanova, Treppenwitz der Sittengeschichte, trippelte davon.

Eine Stunde später versammelten sich im Ballsaal des Hotels die bis dahin eingetroffenen zwanzig Träger des so sexgeladenen Namens Casanova. Die meisten waren aus dem Alter raus, in dem sie ihrem Ahnherrn hätten nacheifern können. Und bis auf die Jungfrau Szilla Maria waren alle verheiratet. Siebzehn hatten sogar ihr gesetzliches Glück mitgebracht.

In seiner Begrüßungsansprache pries der Einberufer des Kongresses, Rechtsanwalt Boesio Casanova, die hervorstechendste Eigenschaft des gemeinsamen Altvordern: Seine *cleverness*. Jawohl, er benutzte das englische Wort, das soviel wie Gewitztheit, aber auch Gerissenheit bedeutet. Er führte keine Beispiele an, aber jeder Leser der Memoiren des großen Giacomo weiß, wie viele Potentaten und finanzkräftige Privatleute der ausgekochte Venezianer zur Ader ließ und ohne *amore* aufs Kreuz legte.

Der Redner klärte dann die wirklich interessante Frage, was Casanova eigentlich am besten konnte und kam zu dem Schluß: Am besten konnte er schreiben. So recht Boesio damit auch haben mochte – die Journalisten wollten ganz was anderes hören. Wegen Casanovas schriftstellerischer Fähigkeiten waren sie nicht hergekommen. Die Leser in aller Welt erwarteten von so einem Kongreß etwas Handfestes in Sachen Liebe.

Die Reporter-Gesichter wurden immer länger, als im weiteren Verlauf der Rede überdeutlich wurde, daß Casanova hier entsext werden sollte. Die in so bescheidener Anzahl nach Milano-Marittima geströmten, sittsamen Träger des etwas verruchten Namens wollten nur mit dem nachweislichen Freund von Königen, Päpsten und Fürsten, dem Finanzgenie und Schriftsteller verwandt sein, aber nicht mit dem hemmungslosen Knicker so vieler Blumen, die an seinem reich bewegten Lebenswege standen oder lagen. Hier sollte offensichtlich das *image* des liebesabenteuernden Venezianers umgemodelt werden, um den Kongreßteilnehmern einen hochanständigen Ahnen zu bescheren.

Nach seinen lichtvollen Ausführungen, die alle im

Dunkeln verbrachten Stunden Casanovas ebendort ließen, gab der Redner das Wort an den «größten Casanovisten der Welt», Herrn Professor Antonio Casanova, einen spitznäsigen und hornbebrillten Wissenschaftler.

Der ging soweit, an Hand einer Art Hochrechnung dem illustren Vorfahren eine geradezu asketische Lebensweise unterzuschieben: In vierzigjähriger Reisetätigkeit, also in rund fünfzehntausend Tagen und ebenso vielen Nächten, hatte Casanova laut Memoiren-Buchführung nur knapp hundert Liebesabenteuer. Also gar nicht der Rede wert. Jeder auch nur einigermaßen rührige Waschmittelvertreter kann da wahrscheinlich auf mehr zurückblicken.

Ich mußte mir den Zwischenruf «O Casanova!» verkneifen, denn das hätte zu sehr nach Reklame geklungen.

Der Casanova-Professor Casanova setzte nun zur Ehrenrettung des oft als Hochstapler bezeichneten Frauenhelden an, der sich ja allerlei geleistet hat. Man denke nur an die beträchtlichen Beutel mit Goldstükken, die er der spinneten und schwerreichen Madame d'Urfé mit dem Versprechen abnahm, ihr dafür zu einer Wiedergeburt als Mann zu verhelfen. Das war nämlich ihr größter Wunsch. Oder an seinen seltsamen Reliquien-Handel mit der Scheide des Messers, das der hl. Petrus zur Amputation des Malchus-Ohres benutzte.

Alle diese etwas außerhalb der Legalität liegenden Geldbeschaffungen bezeichnete der Redner als «berechtigte Ausnutzung der Dummheit kraft überragender Intelligenz». Er krönte seine Ausführungen mit

Giacomo Casanovas reichbewegter Lebensweg, wie ihn diejenigen sehen, die den großen Venezianer nur gerüchtweise kennen und nie eine Zeile von ihm gelesen haben. Dieses etwas schiefe Bild wurde auf dem denkwürdigen Casanova-Kongreß in Milano-Marittima von einigen sittenstrengen Nachfahren unter großem Rede-Aufwand geradegerückt.

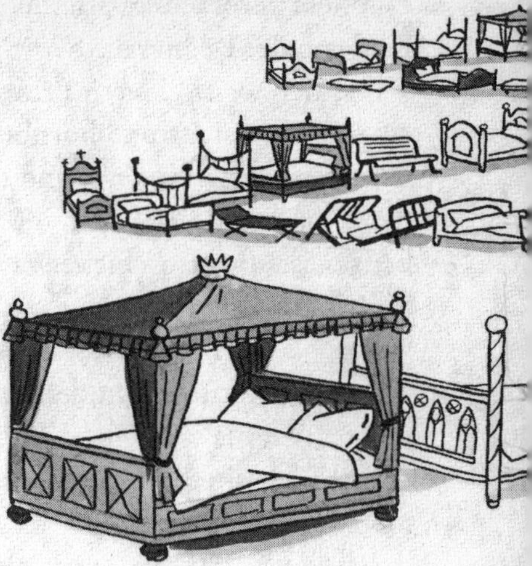

dem Satz: «Casanova war der erste echte Europäer, er sagte stets ‹Ja› zum Leben! Wir Nachfahren nehmen nicht den Liebhaber zum Vorbild, sondern den Philosophen und Schriftsteller!»

Damit weckte er den Beifall des Auditoriums, und der Beifall weckte die während des Vortrages fest eingeschlafene Jungfrau Szilla Maria.

Nach kurzer, aber feierlicher Vereinsgründung stellten sich die vereinigten Casanovas der Presse.

Die Fernseh-Teams mehrerer Länder zerrten die verschüchterten Opfer vor Linse und Mikrofon, um aus berufenem Munde zu erfahren, ob der so verpflichten-

de Name etwa Nachteile im Liebesleben mit sich brächte. Er könnte bei den Damen doch panische Angst, aber auch übertriebene Hoffnungen wecken. Die so hinterhältig befragten Nachkommen des stets aufrechten und in seinen Geständnissen absolut ehrlichen Venezianers wanden und zierten sich, warfen hilfesuchende Blicke zu ihren Gattinnen und redeten sich damit heraus, daß ihnen bisher nichts Derartiges aufgefallen sei.

Die für Frauenbeilagen (!) zuständige Redakteurin eines amerikanischen Zeitungskonzerns stellte einer Casanova-Gattin die haarscharf auf die Intimsphäre zielende Frage: «Haben Sie, als Sie einen Casanova heirateten, mehr erwartet, als Sie nachher bekommen haben?»

Die Casanova-Lebensgefährtin errötete und verweigerte die Auskunft.

Die attraktive Reporterin des Londoner *Daily Mirror* fragte den aus Prag kommenden Rudolf Casanova nach seinem Beruf und kicherte albern los, als er sagte: «High frequency ...» Er war Hochfrequenz-Ingenieur.

Als alle Casanovas von den Belieferern der öffentlichen Meinung bis zum letzten ausgequetscht waren, wollten die Fotografen ein publikumswirksames Gruppenfoto machen. Ein extra zu diesem Zweck herbeigeschafftes, sehr fotogenes Mädchen im Mini-Mini-Rock sollte von den Vereinsmitgliedern kniend, liegend und stehend umworben werden. Aber da schritt der sittenstrenge Schweizer Agostino Casanova ein, trieb seine Namensvettern von dem Leckerbissen weg und rief den verdatterten Bildreportern empört zu: «Wir sind keine Casanovas in dem schmutzigen Sinne der Presse!»

Während dieser Szene rotierte der Giacomo Casanova wahrscheinlich wie ein Ventilator im Grabe.

Ich wandte mich an den inzwischen zum Vereinspräsidenten avancierten Rechtsanwalt Boesio Casanova und wollte aus ihm herausbekommen, warum und wozu er diesen seltsamen Kongreß aufgezogen hatte. Mit demselben Recht (und wahrscheinlich größerem Erfolg) könnte man doch auch alle Meyers, Müllers, Schulzes oder gar Schmidts an die Adria locken.

«Keine schlechte Idee ...» sagte der sehr pfiffige Veranstalter. «Ich habe fünftausend in der ganzen Welt verstreute Casanovas eingeladen, hierher zu kommen, natürlich auf eigene Kosten. Leider kamen statt der erwarteten zwei- bis dreitausend nur zwanzig. Zweck des Kongresses ist die Zusammenführung der Familie und Schaffung von Kontakten.» Mehr wollte er nicht sagen.

Der Advokat sah mir zu clever aus – ich konnte ihm das einfach nicht abnehmen. In meinem langen Reporterleben habe ich gelernt, daß auf dieser Welt nichts, aber auch gar nichts ohne einen kommerziellen Hintergedanken passiert. Ich ging deshalb ein paar Häuser weiter, plauderte in einer kleinen Bar mit dem einheimischen Espresso-Maschinisten und erfuhr: Besitzer des Hotels, in dem die eingeladenen Casanovas auf eigene Kosten wohnten, ist die Familie des Advokaten Boesio Casanova.

Damit sah die Sache plötzlich ganz anders aus, zumal mir der Barmann noch von den Nöten Milano-Marittimas erzählte. Hier schossen in den letzten Jahren dreihundert Hotels aus dem Boden, und die Auslastung der zwanzigtausend Betten macht dem Fremdenverkehrsverband schwere Sorgen. Wer aber ist der Präsident dieser Bettenfüll-Organisation? Welch ein Zufall: eben derselbe Boesio Casanova.

Und wem gehört das Hotel *Miami*, in dem ein großer Teil der herbeigeströmten Journalisten einquartiert wurde? Seinem Bruder Oreste Casanova.

Ich kam also zu dem überzeugenden Schluß: Der seinem cleveren Vorfahren kaum nachstehende Rechtsanwalt, Hotelier und Fremdenverkehrs-Boss überlegte angesichts der Krise messerscharf, wie er die beiden Hotelpaläste seiner Familie auch in der Vorsaison vollkriegen und gleichzeitig einen weltweiten, kostenlosen Publicity-Feldzug für Milano-Marittima starten könnte.

Was lag näher, als den standfesten Ahnen und großen Könner für die befriedigende Ausnutzung der überhöhten Bettenkapazität nutzbar zu machen? Boesio Casanova kalkulierte, daß auf die Meldung «Casanovas aller Länder, vereinigt euch in Milano-Marittima!» zunächst einmal die Presse aller Länder anbeißen würde. Damit behielt er recht. Daß ihn von den fünftausend eingeladenen Casanovas viertausendneunhundertachtzig sitzen ließen, war bei den Namensträgern des größten Sitzenlassers aller Zeiten nicht zu verwundern.

Als ich ins *Aurelia* zurückkam, bot der tschechische Casanova («High frequency») selbstgefertigte Fotos zum Kauf an, auf denen der Grabstein des in Böhmen ruhenden Altmeisters der Liebe und der Lehnsessel, in dem er sein horizontal bewegtes Leben in der Vertikalen aushauchte, zu einer hübschen Bildkomposition vereinigt waren. Eine weitere, wenn auch bescheidene kommerzielle Nutzung des Treffens.

Nach dem abendlichen Festbankett, bei dem die Casanova-Gattinnen emsig miteinander tuschelten und wahrscheinlich die Erfahrungen austauschten, die sie der Presse verheimlicht hatten, gingen alle Casanovas sehr früh ins Bett. Sie schnarchten bereits, als die Reporter ihre Eindrücke in die Welt hinaus kabelten.

Vor dem Einschlafen nahm ich als ideale Bettlektüre einen Band der *Memoiren* des Fremdenverkehrsförderers vor, der in jedem Gasthof seiner Reise-Etappen ein wunderhübsches Stubenmädchen oder eine außerordentlich reizvolle Wirtin oder zumindest eine alleinreisende Zimmernachbarin von vollendeter Schönheit vorfand. Er behauptet es jedenfalls. Ich habe in ebenso vielen Gasthäusern und Hotels gewohnt, bin aber stets nur matronenhaften Stubenmädchen, zentnerschweren Wirtinnen und gesellschaftsreisenden amerikanischen oder britischen Greisinnen begegnet. Damals muß das alles ganz anders gewesen sein, oder Casanova hatte einen Sehfehler.

Der vom klassischen Herzensbrecher zur Eroberung einer Schönen getriebene Aufwand war meistens so groß, daß er in gar keinem Verhältnis zu dem daraus entstehenden Verhältnis stand. Casanova verknallte sich zum Beispiel in die unnahbare Tochter eines reichen Pferdehändlers. Nur, um mit ihr ins Gespräch zu kommen, kaufte er beim Vater eine Pracht-Equipage nebst vier Rasserössern und überreichte das Ganze der jungen Dame als kleine Aufmerksamkeit. Auf unsere Zeit übertragen entspräche das etwa dem Kauf eines Rolls-Royce zwecks Anbandelung mit der Tochter des Autohändlers.

Mit dem beruhigenden Gefühl, daß ich dann auch ein Casanova sein könnte, schlief ich ein.

Folgende Doppelseite:
Dieses Zukunftsbild zeigt, wie es am Ausgang des Casanova-Museums hergehen dürfte, wenn der Casanova-Verein seinen Plan verwirklicht. Die Gedächtnisstätte wird den Touristen wertvolle Anregungen vermitteln und damit dem Fremdenverkehr Auftrieb geben.

MUSEO
CASANOVA
Amore!
Casa!

ALBERGO
2 MINUTI
VENEZIA
M. SCH.

Am nächsten Morgen bestiegen die Kongreßteilnehmer einen Omnibus nach Venedig, um zum Hause des Ahnen zu pilgern. Während der Fahrt sangen die biederen Namensvettern mit etwas brüchigen Stimmen den vom Vereinsmitglied Adelchi Casanova eigens für dieses Treffen komponierten «Marsch der Casanovas». Die erste Strophe lautete, wörtlich übersetzt:

> Casanova, Casanova,
> Schöner Adonis, großer Verführer –
> Mit soviel Schlauheit und soviel Glut
> Verstandest du, zu erobern!

Die Leute am Wege mußten den Eindruck haben, daß hier ein fröhliches Altersheim einen Betriebsausflug machte.

In Venedig wurden wir vom dortigen Fremdenverkehrsverband festlich empfangen, denn auch die Venezianer hatten bereits den Werbewert des von seiner Vaterstadt einst so schäbig behandelten Sohnes klar erkannt. Man schwang Reden und Gläser, wobei ein pathetischer Funktionär die Gründung eines Casanova-Museums vorschlug.

Mir war nicht ganz klar, was da ausgestellt werden sollte. Etwa die (laut Gerichtsakte) anderthalb Fuß lange Stange, die Casanova unter dem Hemd verbarg? Ohne diese Stange wäre es ja nie zu den pikanten Abenteuern gekommen, denn mit dem durch einen glücklichen Zufall in seine Hände geratenen Brecheisen befreite sich der junge Casanova aus den berüchtigten Gefängnis-Bleikammern des Dogenpalastes.

Die Eisenstange ist natürlich nicht mehr aufzufinden. Sie wird aber, falls das Museum wirklich gegründet wird, dort zu sehen sein. Darauf können wir uns verlassen.

Nach dem Empfang trabten die Casanovas zum Hause des Ahnherrn, gegenüber der Kirche San Samuele, wo er die niederen Priesterweihen empfing, unweit vom Theater, wo er vor Beginn seiner märchenhaften Karriere als kleiner Geiger die Fiedel strich.

Vor der in die Hauswand eingelassenen Gedenktafel erstieg ein illegitimer Nachkomme (andere gibt es nicht) eine Leiter und befestigte mit Klebstreifen eine langstielige rote Rose am gemeißelten Ahnen-Namen. Als er das überstehende Stück des Rosenstieles abschneiden wollte, schrien einige Casanova-Gattinnen entsetzt auf: «Nichts abschneiden, bitte!!!»

Weshalb in diesem Moment mein Kollege von der britischen BBC laut loslachte, werde ich nie begreifen.

Über eines waren wir uns alle einig: Der große Venezianer hätte mehr verdient als eine schlichte Gedenktafel. Zumindest eine Büste, noch besser aber ein Denkmal, wo er in voller Größe steht, ein richtiges Standbild.

Nach einer stillen Gedenkminute wanderten die Abkömmlinge des Geehrten ziemlich ermüdet zum Markusplatz, um sich mit den dort ansässigen Turteltauben fürs Familienalbum fotografieren zu lassen. Aber die vollbusigen Vögel waren genauso müde wie die Casanovas. Man mußte ihnen schon auf den Schwanz treten, um sie zum Aufflattern zu bewegen.

Abschließend darf ich wohl sagen: Der Name allein macht's noch nicht. Die vielen Casanovas, die in der Hochsaison an der Adria ihr Letztes geben, um die Urlauberinnen zu erfreuen, heißen alle ganz anders. Aber sie tragen das Banner Casanovas weit höher als die Teilnehmer am Casanova-Kongreß von Milano-Marittima, des ersten Kurorts, der den Namen des Betten-Historikers dem Fremdenverkehr nutzbar machte.

Steckt im Tell-Apfel der Wurm?

Der Freiheitsheld und Apfelschütze Wilhelm Tell gehört zum Bild der Schweiz wie die anonymen Ausländerkonten, das Bankgeheimnis, der stark durchlöcherte Käse, die Neutralität, der Karabiner im Kleiderschrank und die majestätische Bergwelt.

Der als Heldentat gepriesene Apfelschuß hat mir allerdings nie so recht geschmeckt. Kunstschützen und Messerwerfer, die ihre Fertigkeit am lebenden Partner beweisen, pflegen in meiner Magengrube ein würgendes Gefühl zu verursachen.

Schon in meiner Schulzeit konnte ich nicht begreifen, weshalb der Volksheld Tell, bevor er auf den bösen Geßler schoß, erst mal einen Pfeil über den apfelgeschmückten Scheitel seines Kindes jagte. Daß die Schweizer Bauernfamilien zu jener Zeit überreich mit Kindern gesegnet waren, kann man wohl kaum als Entschuldigung gelten lassen.

Auch wurmte mich, daß aller Ruhm auf den schießfreudigen Vater fiel, während vom Kind bis heute nicht einmal der Vorname bekannt ist. Eigentlich hätte doch statt Tells der unerschrockene Knabe zum Nationalhelden erklärt werden müssen, denn er zeigte schon im zartesten Alter die wertvollste staatsbürgerliche Tugend: das widerspruchslose Kopfhinhalten.

Es liegt mir fern, am leuchtenden Bilde Wilhelm Tells herumzukratzen. Das taten bereits einige ernstzunehmende Geschichtsforscher. Sie behaupten, «Tell» bedeute im Altschwyzerischen soviel wie «toll, töricht». Der Beiname habe im frühen Mittelalter einen zielsicheren Armbrustvirtuosen aus Uri geziert, der den Apfelschuß aufs eigene Kind oft im fröhlichen Freundeskreis vorführte. Die häufige bildliche Darstellung dieses groben Unfugs auf alten Holzschnitten sei erst viel später zum nationalen Epos erweitert und aufgestockt worden. War Wilhelm Tell also nur ein Angeber?

«Tell wollte vor Geßler und dem versammelten Volk mit seiner Schießkunst prahlen.»

Einen solchen Satz würde ich nie zu äußern wagen. Er stammt von dem Baseler Historiker Heinrich Burckhardt. Als Schweizer darf er sich das erlauben.

Eins ist jedenfalls sicher: Für den Fremdenverkehr ist die Tell-Story von unschätzbarem Wert. Jede Landschaft gewinnt bekanntlich an Reiz, wenn sie dem Touristen als Schauplatz eines pittoresken und möglichst aufregenden historischen Ereignisses vorgeführt wird.

Als mir zwischen dem St. Gotthard-Tunnel und Zürich der Wegweiser «Zum Tell-Museum Bürglen» wohlgezielt ins Auge fiel, bog ich trotz meiner Abneigung gegen alle Schießkünste von der Hauptstraße ab. Immerhin hat ja Tell damals den aus Österreich zugewanderten Tyrannen Geßler ins Jenseits befördert, und so was rechne ich jedem hoch an.

Das abgelegene Gebirgsdorf Bürglen gilt als Geburtsort Tells. Es gibt keine Beweise dafür, daß er wirklich hier geboren wurde. Viel wichtiger ist, daß bisher niemand beweisen konnte, daß er hier *nicht* geboren wurde.

An der Ortseinfahrt verkündeten rot-weiße Plakate: «Sonntag Tell-Stafette! Größte polysportive Mannschaftskonkurrenz der Schweiz!» Die typisch schweizerische Wortschöpfung «polysportive» bedeutet «mehrsportlich». Vielleicht müssen die Teilnehmer der wehrertüchtigenden Stafette alle hundert Meter einen Apfel von einem pappkopfgezierten Pfahl herunterschießen.

Mitten im Dorf steht, wie kaum anders zu erwarten, ein Tell-Denkmal. Vater und Sohn naturgetreu in weißem Marmor gehauen, Armbrust und Pfeil aus schwarzem Metall gegossen. Der grüne Apfelbutzen, den ich auf dem Sockel zu Füßen des Knaben entdeckte, hatte nichts mit dem Denkmal zu tun.

Das Postament trägt die gotisch gemeißelte Inschrift:

Wie hat uns Tell befreit
Durch Muth und Biederkeit!

Das ist also Schweizer Biederkeit, wenn ein Vater seinem leiblichen Sohn einen Pfeil haarscharf über die Fontanelle feuert.

Dem Denkmal gegenüber lockt das Tell-Hotel mit dem Schild: «Hier Original Tell-Stube!» Als ich eine mit «Gastzimmer» gekennzeichnete Tür öffnete, spuckte ein blitzender Musikautomat gerade überlaute Beatle-Produkte aus. Einige brave eidgenössische Agronomen lauschten ergriffen bei Bier und Cola. Ich fragte die Bedienerin, ob das hier etwa die Tell-Stube sei. «O nein», sagte sie, «die ist im ersten Stock und nur in der Hochsaison geöffnet.»

Trotzdem durfte ich das Kleinod besichtigen und kann nun ohne Übertreibung sagen: Hier traf man das Herz im Leibe des romantiksuchenden Touristen so genau wie Tell seinerzeit den Apfel auf dem Kopf seines Sohnes.

Butzenscheiben, Holztäfelung, wuchernde Schnitzereien an zentnerschweren Möbeln, Spinnrocken, Zinnteller. Überdimensionale Humpen, mit bunten Tell-Darstellungen geschmückt, verbreiteten eine gemütvolle Atmosphäre echten Freiheitsdurstes.

Ich ließ das düstere Interieur nicht länger als unbedingt nötig auf mich wirken, belohnte die Hebe mit einigen Rappen und stieg unter den Klängen der mich verfolgenden Beatmusik einen Hügel hinauf zum Tell-Museum.

Dieses Tell-Memorial liegt nicht hinter Butzenscheiben, sondern im Keller eines hochmodernen Schulhauses. Ich war in Anbetracht der Vorsaison der einzige Besucher und pilgerte ergriffen durch die mit Tell-Darstellungen aus einem halben Jahrtausend reich geschmückten Räume. Den Bildern nach zu urteilen, war Wilhelm Tell nicht nur ein Meister der Armbrust, sondern auch der Maske. Mal trug er einen Schnauzer, mal war er glattrasiert, mal blond, mal braun, am häufigsten trug er aber den in die Historie eingegangenen Vollbart, auf den sich alle Theaterintendanten einigten.

An die hundert grundverschiedene, nach Augenzeugenberichten gefertigte zeitgenössische Darstellungen der Apfelschuß-Szene verwirrten mich. Auch die in Vitrinen aufgeblätterten Chroniken widersprachen sich heftig. So datierte der im 16. Jahrhundert lebende Geschichtsschreiber Aegidius Tschudi den Apfelschuß auf den 19. November 1307, während sein Kollege Schilling auf den 13. Juli 1291 schwört. Die beachtliche Differenz dürfte schuld daran sein, daß es in der Schweiz bis heute noch keinen offiziellen Apfelschuß-Gedenktag gibt.

Daß die Eidgenossen den Apfelschuß nicht gepachtet haben, bewiesen die aus vielen fernen Ländern zusammengetragenen Holzschnitte zum gleichen Thema. In Island schoß ein Vater in Ermangelung eines Apfels einen Kieselstein vom Scheitel seines Kindes, angeblich lange vor Tell. Nach glaubwürdigen Berichten aus Norwegen erfüllte dort eine Nuß denselben Zweck, und im Orient sogar eine Dattel. Vaterfreuden dieser Art waren demnach im Mittelalter an der Tagesordnung.

Bei den hübsch gerahmten Holzschnitten kam auch die Erotik nicht zu kurz. Auf einem mittelalterlichen Blatt aus der Kampfzeit gegen die österreichischen Unterdrücker sieht man in einem Badezuber einen nackten Mann, dem ein uriger Schwyzer mit einer Axt den Schädel spaltet, und das im Angesicht einer Dame, die das Bad mit dem Opfer teilen sollte. Darunter der Vers:

Einen Wilhelm-Tell-Gedächtnisapfel-Schießstand gibt es vorläufig noch nicht am Vierwaldstätter See. Dabei liegt die Idee doch so nahe! Nur die sprichwörtliche Zurückhaltung der Schwyzer kann schuld daran sein,

daß man den Touristen dieses prickelnde Vergnügen vorenthält. Bei gleichbleibender Entwicklung des Fremdenverkehrs wird das Apfelschießen nicht lange auf sich warten lassen.

Ob dem Wald ein Vogt voll Hitzen
Wollt zu sich ins Bad zu sitzen
zwingen eine Frau. Die Glut
löscht der Mann mit seinem Blut.

Die Schwyzer trugen ihren Freiheitskampf bis ins Badezimmer.

Nachdem ich alle Schaustücke des Museums, darunter ein Tintenfaß mit gußeisernem Tell und Sohn sowie eine Kuchenform zum Backen kleiner, schmackhafter Tell-Figuren bewundert hatte, las ich am Ausgang den zu Herzen gehenden Satz:

«Für die Bekundung Ihrer augenblicklichen Begeisterung finden Sie einen Opferstock. Und wenn Sie für Ihr Heim ein Tellen-Bild erwerben möchten, halten Sie an unserem Verkaufsstand danach Ausschau.»

Ich ließ einen klingenden Ausdruck meiner augenblicklichen Begeisterung in den Schlitz des Opferstocks fallen, hielt aber keine Ausschau nach einem «Tellen-Bild». Statt dessen warf ich einen Blick in den Wälzer *Der Schweizer Wehrgeist in der Kunst*. Da floß das Blut in leuchtenden Farben, unter Fahnengeschwenke wurden Köpfe eingeschlagen und Menschenleiber durchstochen, daß es eine Lust war. Nach Betrachtung dieser farbigen Zeugnisse helvetischen Heldentums verließ ich die Weihestätte in der richtigen Stimmung, um gegenüber in der «Wursterei Kummer» einige Scheiben köstlichen Bündner Rauchfleischs mit Genuß zu verzehren.

So an Leib und Seele gestärkt fuhr ich ins nahe gelegene Städtchen Altdorf, auf dessen Marktplatz der historische Apfelschuß gefallen sein soll.

Da stand natürlich ein Tell-Denkmal, aber auch ein Tell-Hotel, ein Tell-Bräu und sogar eine Tell-Drogerie. Was es leider nicht gab, war eine Stange mit einem Hut drauf. Das ist eine bedauerliche Unterlassungssünde des örtlichen Fremdenverkehrsvereins, die von fotografierwütigen Fremden immer wieder gerügt wird.

Jeder weiß: Irgendwo auf diesem Platz stand die Stange mit dem Geßler-Hut, der von jedem Passanten gegrüßt werden mußte. Diese nur leicht verschärfte militärische Grußpflicht gilt völlig zu Unrecht auch heute noch als Zeichen finsterer mittelalterlicher Tyrannei. Ich habe in unserem angeblich aufgeklärten Jahrhundert während meiner Dienstzeit weit schlimmere Sachen grüßen müssen als einen alten Hut. Doch ich will nicht abschweifen.

Wo also stand die Stange? Und wo stand Tell junior, sich und den Apfel der Armbrust seines Erzeugers darbietend? Diese Kernfragen bewegten sämtliche Insassen eines englischen Reisebusses, der sich gerade auf den Tatort entleerte.

Aber selbst der eingeborene Reiseführer konnte keine Antwort geben. Man weiß es nämlich nicht genau. Und die mit Wahrheitsliebe glücklich gepaarte Korrektheit der Eidgenossen verbietet ihnen, einfach auf dem Altdorfer Marktplatz eine Stange mit irgendeiner mittelalterlichen Kopfbedeckung einzurammen und munter zu behaupten: «Hier war es! Das ist Geßlers Originalhut!»

Man sollte es eigentlich doch tun, den Touristen zuliebe. Es braucht ja nicht der echte Hut und ebensowenig die genaue Stelle zu sein. Die Leute brauchen etwas Sichtbares, das ihnen ein echtes Geschichtsgefühl gibt und wovor sie sich fotografieren lassen können. Hauptsache, es wird geglaubt, denn was man glaubt, wird automatisch zur Wahrheit. Dafür gibt es in der Geschichte und auch im Fremdenverkehr viele Beispiele.

Enttäuscht und ohne auf den Auslöser gedrückt zu haben, stiegen die Engländer wieder in ihren Bus. Ich folgte ihnen nach Sisikon am Vierwaldstätter See zur «Tellsplatte», jenem Felsvorsprung, auf den sich der gefangene Tell durch einen Dreimetersprung aus dem Boot seiner Häscher rettete, in sturmgepeitschter Nacht und ohne Anlauf. Daß im Felsen keine Fußabdrücke zu sehen waren, beweist wiederum die Korrektheit der Schweizer. In jedem anderen Reiseland hätte man sie längst eingemeißelt und für echt erklärt.

Am Andenkenkiosk konnte man naturgetreue Darstellungen von Tells sportlicher Höchstleistung auf Postkarten und Aschenbechern kaufen. Außerdem Tell-Wimpel, Tell-Schokoladenäpfel, Tell-Zündhölzer und sogar Tell-Teller als sinniges Mitbringsel für Stotterer.

Auch hier gab es ein Tell-Hotel mit Tell-Stube. Wie mir die Tellnerin – Verzeihung, die Kellnerin – beim Servieren eines Apfelkuchens (der nicht einmal als Tell-Apfelkuchen auf der Karte vermerkt war) erzählte, wollte ein nicht ortsansässiger Unternehmer an diesem historischen Fleckchen Erde bzw. Fels ein riesiges Tell-

Motel errichten. Das nötige Gelände hatte er einem Bauern schon abgeluchst. Die kantonalen Behörden befürchteten aber, daß daraus ein Tell-Rummelplatz würde, mit Apfelschießbuden und sonstigem modernem Vergnügungszubehör. Das gaben sie natürlich nicht zu, sondern verweigerten die Baugenehmigung «aus Naturschutzgründen». Wie ernst man hier den Naturschutz nimmt, beweisen die alten Benzintonnen, die für Touristenabfälle bestimmt sind. Sie wurden durch grünen Anstrich der Natur angepaßt.

Ungeschützt blieb allerdings der nahe gelegene 25 Meter hohe Felsen, in dessen Oberfläche mit goldenen Lettern das Lob Friedrich Schillers eingegraben wurde, der für weltweite Tell-Publicity sorgte.

Letzte Station meiner Wilhelm-Tell-Gedächtnisfahrt war Küßnacht. Dort folgte ich dem Wegweiser «Zur hohlen Gasse» und hielt vor dem Gasthof gleichen Namens, wo gerade eine Hochzeitsgesellschaft aus einem Omnibus stieg. Ein Besuch in der historischen hohlen Gasse ist aus schwer durchschaubaren Gründen ein alter Hochzeitsbrauch im Kanton Uri.

Die Braut in Kranz und Schleier nebst frischgebackenem Ehemann schritt auf das Gasthaus zu, an dessen Fassade der schön gemalte Spruch prangte:

Hier wird gefreit und anderswo begraben,
Du kennst den Schützen, suche keinen andern!
Frei sind die Hütten, sicher ist die Unschuld vor Dir,
Du wirst dem Lande nicht mehr schaden!

Als Bräutigam würde mich so ein Spruch peinlich berühren. Die Braut, durchaus bereit, keinen anderen Schützen zu suchen, ging verschämt lächelnd am Arm des Mannes, vor dem die restliche Unschuld des Landes nunmehr sicher war, ins Lokal.

Ich fragte den vor der Tür stehenden Wirt, wo denn nun eigentlich die hohle Gasse sei. «Sie beginnt hinten im Wirtsgarten!» sagte der so günstig gelegene Gastronom.

Mit einem Trupp frisch angelieferter bundesrepublikanischer Touristen machte ich mich auf zum Hohlweg, in dem Wilhelm Tell den Geßler so genau traf, wie ich die naturgetreue Dekoration hoffentlich auf meiner Zeichnung getroffen habe.

Auch hier hatten die für den Fremdenverkehr zuständigen Instanzen denselben Fehler gemacht wie in Altdorf: Weder die Stelle, an der Geßler getroffen wurde, noch der Baum, hinter dem Tell seinen tödlichen Pfeil abschickte, waren markiert. Darob herrschte großer Unwillen unter meinen Stammesgenossen. Man wollte wissen, wo. Es brauchte ja gar nicht zu stimmen, denn die Illusion ist immer die schönste Realität. Ein rheinischer Geschäftsmann erregte sich: «Unter richtigem Management könnte das eine Goldgrube sein! Hier gehörte ein großes Hotel her für amerikanische Hochzeitsreisende, der Name ‹Küßnacht› fordert doch dazu heraus! ‹Kiss-night in Küßnacht!› – welch ein Slogan! Man könnte Tell-Festspiele am Originalschauplatz veranstalten! Es ist ein Trauerspiel, wie die Schweizer so was brach liegen lassen . . .»

Ratlosigkeit spiegelt sich auf den Gesichtern der fotografierwütigen Fremden, die bei Küßnacht durch die «Hohle Gasse» wandern. Sie suchen nämlich vergeblich einen Hinweis, von wo Tell schoß und an welchem Punkt der Gasse Geßler getroffen wurde. Durch diesen bedauerlichen Mangel verliert der wildromantische Ort viel von seinem touristischen Reiz.

Nun, die Schweizer haben allerhand für die hohle Gasse getan. Das bewies ein Felsbrocken mit der Inschrift:

Die hohle Gasse wurde 1937 durch Spenden
der Schweizer Jugend wiederhergestellt.

Wer hat sie denn verkommen lassen? Darüber konnte man Näheres aus einem Büchlein erfahren, das eine würdige Älplerin am Ende des wildromantischen Hohlweges feilbot.

Demnach war der Weg zur Geßlerburg jahrhundertelang nichts weiter als eine vier Meter breite Landstraße, von hohl konnte gar keine Rede sein, das hatte Schiller nur wegen des schönen Wortklangs erfunden.

1930 wurde ein «Verein zur Erhaltung der hohlen Gasse» gegründet, und die Schulkinder sammelten eifrig Fränkli für das hohle Ziel. Mit dem so zusammengekommenen Geld wurde eine Schneise ausgeschachtet, um den Anforderungen zu entsprechen, die man an eine «Hohle Gasse» mit vollem Recht stellen darf. Man schaffte von weither gewaltige Felsblöcke heran, die nun dem bühnenwirksamen Dekor das Gepräge geben.

Erfahrene Touristen, die mit den Pappmaché-Felsen in König Ludwigs bayerischem Schloß Linderhof desillusionierende Erfahrungen gemacht hatten, klopften sorgfältig die Steinbrocken ab: Es war alles echt.

Mehr kann man wirklich nicht verlangen.

Am oberen Ende der so liebevoll gestalteten Tyrannenmordgasse hängt ein hölzerner Kasten mit Spartopfschlitz und der Aufschrift «Für hohle Gasse!» Ich spendete ein Scherflein, um das beruhigende und für einen Journalisten besonders erhebende Gefühl genießen zu können, etwas für die Hohlheit getan zu haben.

Im schattigen Wirtsgarten verzehrte ich ein Güggeli (zu deutsch Brathendl) und las dann in dem soeben erstandenen Büchlein die Rede, die der Bundesrat Philipp Etter bei der Neueröffnung der hohlen Gasse im Jahre 1937 den versammelten und gesammelt habenden Schulkindern hielt. Er sagte unter anderem: «Meine lieben Kinder! Ihr müßt alle Tellenbuben und Tellenmädchen werden!»

Ein großes Wort! Wahrscheinlich wollte der Würdenträger mit seiner Anregung den Familien-Apfelschießsport fördern.

Ob nun der Wurm im Tell-Apfel steckt oder nicht – der große Armbrustschütze mit seinem «Wir wollen sein ein einig Volk von Brüdern» wird weiterhin von den Eidgenossen als Nationalheld gefeiert werden. Denn darüber sind die Brüder sich einig: Sein Mythos fördert den Fremdenverkehr.

Der größte Mann, der je in der Schweiz lebte, bleibt für mich allerdings nach wie vor Charlie Chaplin. Er wohnte am Genfer See und hätte unter gar keinen Umständen Äpfel von den Köpfen seiner Kinder geschossen, obgleich er genug davon hatte.

Elisabeths Mondfahrt und das Ding von Warminster

Die seltsamste und weiteste Wochenendreise, von der ich je gehört habe, hat die Goslarer Hausfrau Elisabeth Weindt gemacht.

Sie berichtete vor glaubwürdigen Zeugen, unter denen auch ich mich befand, daß sie an einem nebligen Samstagabend zum Mond und zurück flog. Und zwar mit einem vom Planeten Venus kommenden Raumschiff, das von einem gewissen Ramon gelenkt wurde. Dieser «Venusier» war, wie die weltraumfahrende Hausfrau mehrfach versicherte, «von überirdischer Schönheit und trug einen breiten goldenen Hüftgürtel».

Der Leser wird sich jetzt an den Kopf fassen und mich oder zumindest Frau Weindt für verrückt halten. Ich kann aber nur wahrheitsgetreu erzählen, was mir beim «4. Internationalen UFO-Kongreß» in der Wiesbadener Rhein-Main-Halle zu Ohren kam.

UFO ist die Abkürzung für «Unidentifizierte Flug-Objekte», die im Volksmund oft als fliegende Untertassen bezeichnet werden. «Ufologen» nennen sich diejenigen Erdbewohner, die fest daran glauben, daß unsere im Weltraum rotierende Kugel seit vielen Jahren von scheibenartigen Raumschiffen, die von anderen Planeten kommen, besucht und beobachtet wird.

An dem Wiesbadener Kongreß nahmen achthundert Ufologen aus aller Welt teil, die solche Dinger deutlich gesehen zu haben glaubten und zum Teil steif und fest behaupten, mit den Besatzungen gesprochen zu haben, ja, sogar ein Stückchen mitgeflogen zu sein. Wie eben jene Frau Elisabeth Weindt, die den gespannt lauschenden Zuhörern in einem anderthalbstündigen Vortrag ihre Reiseerlebnisse vermittelte.

Hier nun die Kurzfassung der langatmigen Geschichte, die von der sechzigjährigen, walkürenhaften Untertassen-Kosmonautin mit quäkend-schriller Stimme zum besten gegeben wurde:

Frau Weindt stand an einem schönen Samstagmorgen an der Bedarfshaltestelle Waldstraße der städtischen Goslarer Omnibuslinien. Während sie auf den Omnibus wartete ...

> *«... lief mir plötzlich ein seltsamer warmer Schauer über den Rücken. Ich drehte mich um – und da stand ein wunderschöner blonder junger Mann in einem schimmernden weißen Overall mit goldenem Hüftgürtel ...»*

Es war Ramon, der Venusier. So stellte er sich jedenfalls vor und lud Frau Weindt ein, mit seinem in der Nähe parkenden Raumschiff einen kleinen Trip zum Mond zu machen.

An diesem Punkt der Erzählung entstand eine begreifliche Unruhe im Saal, die von der Rednerin geschickt abgefangen wurde:

«Ich bin ein ganz realer und nüchterner Mensch und habe viel zuviel im Haushalt zu tun, als daß ich mir Phantastereien leisten könnte!»

Der beste Beweis dafür war der Fortgang der Geschichte: Frau Weindt lehnte das so verlockende Angebot ab, weil sie eine Verabredung auf der Hannoverschen Hausfrauenausstellung hatte. Sie stieg in den Omnibus, Ramon verschwand. Als die real denkende Hausfrau abends todmüde und prospektbeladen zurückkam und die Nebel wallten ...

«... stand Ramon wieder an der Bedarfshaltestelle Waldstraße! Er fragte, ob ich nun Zeit hätte für eine kleine Spritztour zum Mond. Ich sagte, mein Mann käme in einer halben Stunde von der Arbeit, ich müßte nach Hause. Als er mir aber versprach, daß wir bis dahin zurück sein würden, konnte ich nicht mehr nein sagen ...»

Ich schwöre, daß ich wörtlich zitiere, nichts hinzugefügt und nichts weggelassen habe.

Ramon führte Elisabeth zu seinem auf einer kleinen Wiese parkenden Raumschiff, das uns in allen Details genau beschrieben wurde. Und dann wurde es dramatisch:

«Als Ramon mich hineinhob, fühlte ich mich so leicht wie noch nie! Ich nahm auf einem wunderbar weichen Sessel Platz, so was Weiches kennt man hier auf der Erde gar nicht. Und dann starteten wir ... Ramon steuerte das Schiff mit einem grünen und einem gelben Knopf, und auf einem Fernsehschirm konnte ich meine Vergangenheit sehen ...»

Viel kann es nicht gewesen sein, denn:

«... schon nach fünf Minuten sah ich ganz deutlich Helgoland, Hannover und London unter mir, und nach weiteren fünf Minuten kurvten wir um den Mond herum ...»

Hier hätte ich sie gerne gefragt, ob sie hinter dem Mond vielleicht einige unserer Politiker gesehen hätte, die ja, wenn man dem Volksmund glauben darf, seit langem dort leben.

«... er sieht hinten ganz anders aus als vorne, aber wir hatten nicht viel Zeit, mein Mann wartete. Pünktlich setzte Ramon mich wieder an der Bedarfshaltestelle Waldstraße ab ...»

Diese in Elisabeths Bericht immer wiederkehrende präzise Ortsangabe machte alles glaubwürdig. Aber am überzeugendsten klang die Heimkehr:

«... als ich dann ziemlich aufgeregt zu Hause ankam, war mein Mann schon da und fragte, wo ich denn so lange gewesen wäre. Da habe ich ihm alles haargenau erzählt, und er hat nicht etwa gelacht, sondern mich zu meinem Sessel geführt und beruhigt. Einen so guten Mann habe ich ...»

Was die Qualitäten dieses Gatten betrifft, hege ich gewisse Zweifel. Ich hätte an seiner Stelle jedenfalls einen Nervenarzt zugezogen.

Die letzten Zweifel an dieser haarsträubenden Mondreise-Story wurden in Frau Weindts Schlußwort beseitigt:

«Ich habe mich während der Fahrt mehrmals kräftig ins Bein gekniffen, um ganz sicher zu sein, daß

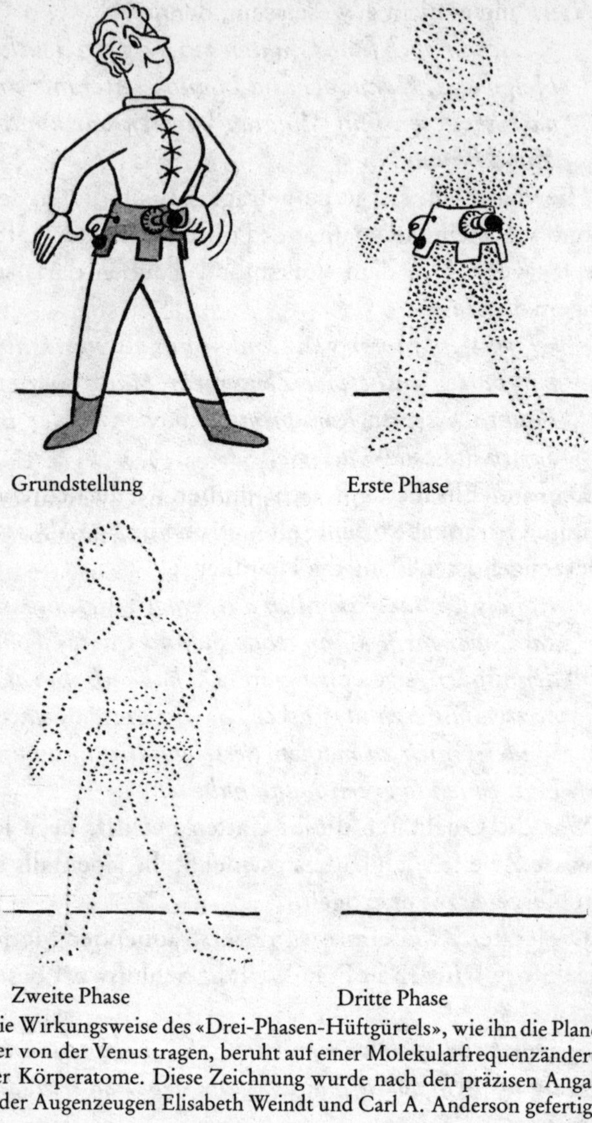

Die Wirkungsweise des «Drei-Phasen-Hüftgürtels», wie ihn die Planetarier von der Venus tragen, beruht auf einer Molekularfrequenzänderung der Körperatome. Diese Zeichnung wurde nach den präzisen Angaben der Augenzeugen Elisabeth Weindt und Carl A. Anderson gefertigt.

ich nicht träumte. Und nun weiß ich, daß auf anderen Planeten schönere und bessere Menschen leben, die in ihrer technischen Entwicklung viel weiter sind als wir.»

Nach Frau Weindts beifallumrauschtem Abgang ergriff ein Herr Veit das Wort, Vorsitzender des deutschen Ufologen-Vereins. Er führte aus: «Leute, die glauben, sie seien die einzigen Menschen im Weltenraum, ähneln den Glühwürmchen, die da sagen: Das Licht in meinem Schwanz ist das einzige Licht, das es gibt!»

Welche Kraft der Sprache!

In lichtvollen Ausführungen wies Herr Veit nach, daß unsere Erde schon seit mindestens zweitausend Jahren von raumschifflenkenden Planetariern beobachtet wird. Diese Bewohner ferner Himmelskörper haben die Atombombe schon vor zehntausend Jahren erfunden und sind entsprechend weiter. Sie können, wie der Redner zu berichten wußte, «durch Veränderung der Vibrationsfrequenz ihrer Körpermoleküle sich selber entmaterialisieren, unsichtbar machen und mit Lichtgeschwindigkeit transportieren».

Jeder, der nur ein ganz klein wenig von der Atomtheorie weiß, wird das leicht begreifen. Für diejenigen, die etwas mehr davon wissen, ist es natürlich schwerer.

Herr Veit krönte seine Rede mit der Behauptung, der Stern von Bethlehem – halten Sie sich fest – sei ein Raumschiff gewesen. Die Planetarier hätten uns das Christentum gebracht, und er wüßte aus sicherer Quelle, daß für den Fall eines Weltuntergangs riesige Raum-

Das ist die Hauptstraße von Warminster (Grafschaft Wiltshire, Südengland), wie sie sich nachts zwischen elf und zwölf Uhr dem Auge der Passanten darbietet. Die Zeichnung wurde in der Nacht vom 17. auf den 18. September 1966 nach der Natur gefertigt und stimmt, was die Häuser

schiffe auf Venus und Mars bereitstünden, um die Auserwählten zu retten. Daß dazu natürlich er selber und alle Ufologen gehören, erwähnte er gar nicht erst, denn das verstand sich von selber.

angeht, bis ins kleinste Detail. Nur die Raumschiffe mußte der Autor nach den Angaben absolut vertrauenswürdiger Zeugen einsetzen, denn ausgerechnet in dieser Nacht fand in Warminster kein außerirdischer Verkehr statt.

So wurde es verkündet in der Rhein-Main-Halle zu Wiesbaden.

Beim anschließenden geselligen Beisammensein lernte ich einige Untertassenzeugen persönlich kennen. Es waren lauter liebe, gute Menschen mit verträumten Augen.

Da war Herr Carl A. Anderson aus den USA, der noch vor wenigen Wochen dem Marsbewohner Kumar die Hand schüttelte. Und der Getreidehändler Reinhold O. Schmidt, der als Gast auf einem Venus-Raumschiff *unter* den Nordpol fuhr. Und Fräulein Elisabeth Clarer, die von einem Aufklärungsschiff (!) der Venusier entführt wurde, beim Aufsteigen ein Glücksgefühl hatte und das Raumschiff fotografierte, aber leider überbelichtete.

Die Überbelichtung im weitesten Sinne scheint mir überhaupt eines der großen Probleme beim Umgang mit den strahlungsaktiven Planetariern zu sein. Ich zweifle keinen Augenblick daran, daß die von mir befragten Zeugen wirklich gesehen haben, was sie erzählten. Aber auf einer Ebene, für die jeder Psychoanalytiker eine plausible Erklärung hat.

Beim Verlassen der Rhein-Main-Halle ahnte ich noch nicht, daß mein ambulantes Gewerbe mich acht Tage später nach London und auf die nebulosen Wege fliegender Untertassen führen sollte.

Als ich im Londoner Paddington-Bahnhof den noch druckfeuchten, halbwegs seriösen *Daily Mirror* (Auflage: 5 Millionen) aufschlug, weiteten sich meine Pupillen. Da war ein ganzseitiges Foto zu sehen, auf dem so gut wie nichts zu sehen war. Nur ein kleiner, brummkreiselförmiger Schatten schwebte oben links in der Ecke, alles übrige war grauer, typisch englischer Himmel. Darunter die knallige Schlagzeile:

Das Ding von Warminster –
zum erstenmal fotografiert!

Auf der gegenüberliegenden Seite stand die haarsträubende Geschichte von einer Art fliegender Untertasse, die seit ausgerechnet neun Monaten die Einwohner des idyllischen Landstädtchens Warminster beunruhigte. Namentlich genannte, über jeden Zweifel erhabene Zeugen hatten zu Protokoll gegeben, daß sie das mit zwei Leuchtaugen ausgestattete «Ding» gesehen oder zumindest gehört hätten. Die Hausfrau Madge Bye beschwor sogar, sie wäre beim Milchholen in der Morgendämmerung von einem unbekannten Flugkörper an eine Friedhofsmauer gedrückt worden, was aber erfreulicherweise ohne Folgen blieb.

Eine andere, seit langem unverheiratete Dame sagte aus, daß ihr aus einem Raumschiff kleine grüne Männer zuwinkten, während sie am ganzen Körper heftige Vibrationen verspürte.

Der *Mirror*-Bericht war von einem gewissen Arthur Shuttlewood geschrieben, das Sensations-Foto stammte von einem Amateurfotografen namens Gordon Faulkner.

Ich ließ alles stehn und liegen, nahm den nächsten Zug nach Warminster und kam dort kurz nach neun Uhr abends und nach zweimaligem Umsteigen an.

Auf dem Kleinstbahnhof brannten einige trübe Lämpchen, ich war der einzige späte Ankömmling. Der mutterseelenallein diensttuende Bahnhofsvorstand schüttelte auf meine Frage, ob er das «Ding» schon gesehen hätte, traurig den Kopf. «Leider nicht», sagte er, «aber eine Umfrage hat neulich ergeben, daß jeder fünfte Einwohner so was gesehen hat ...»

In nieselndem Regen wanderte ich die spärlich erleuchtete Station Road entlang. An einem Bretterzaun klebte das in ganz England verbreitete meterhohe Plakat: «Jede fünfte britische Familie muß mit irgendwelchen Geisteskrankheiten fertig werden! Spende auch Du für die Irrenbetreuung!»

Jede fünfte ... das gab mir zu denken.

Im Hotel *Wappen von Bath* mietete ich mich ein und bekam den Schlüssel für Zimmer 12. Im Treppenhaus hing ein Schild, das ich wegen seiner sprachlichen Schönheit und wegen seines urenglischen Humors im Originaltext servieren möchte. Da stand: «FIRE! In the case of *serious* outbreak there is an escape in bedroom 12.» Bei ernsthaftem (und nur solchem!) Feuerausbruch führte also der Notausgang über mein Bett. Das Zimmer war mir als ruhig empfohlen worden.

Um schnellstens Genaueres über das «Ding» zu erfahren, ging ich hinunter in die *Public Bar*. Sie war gesteckt voll, und man sprach natürlich nur von den Besuchen aus dem Weltraum.

Der Leiter des örtlichen Postamtes, Mister Roger Rump, berichtete von seinem rein akustischen «Ding»-Erlebnis der vorigen Nacht.

Gesehen hatte er nichts, aber deutlich ein Geräusch gehört, «das klang, als ob tausend Ziegel vom Dach fielen».

Dieser Vorgang scheint in Warminster ziemlich häufig zu sein, denn sonst hätte der biedere Beamte kaum einen solchen Vergleich herangezogen.

Major B. Hill vom Warminsterschen 4. Wiltshire-Regiment erzählte, daß er gestern abend gegen Mitternacht mit seinem Wagen bei aufgeblendeten Scheinwerfern und etwa 40 Stundenmeilen in der Kurve bei Calloway Clump mit etwas Unsichtbarem heftig zusammenstieß. Es gab einen lauten Bums, der Wagen stand. Herr Major stieg aus, und nun geschah das Unheimliche: Der Wagen wurde von Vibrationen geschüttelt und sprang wohl ein dutzendmal mehrere Zoll hoch. Als das Gefährt sich wieder beruhigt hatte, setzte der kampferprobte Offizier seinen Heimweg fort.

An dieser Stelle ist es wohl nötig, ausdrücklich darauf hinzuweisen, daß in meinem Bericht (wie in allen anderen auch) kein Wort erfunden ist. Jeder Name, jedes Detail stimmt.

Was der Major da erzählte, klang grotesk. Aber sein Beruf garantierte für absolute Glaubwürdigkeit. Deshalb wagte ich nicht, die Frage nach seinem Promillegehalt während der erlebnisreichen Heimfahrt aufzuwerfen.

Nach einem halben Dutzend ähnlicher Tatsachenberichte erreichte mein eigener Promille-Status die verkehrsgefährdende Grenze. Ich wankte die Treppe hinauf, legte mich in meinem Notausgang schlafen und träumte, daß schreiende Gäste über mein Bett hinwegstürmten, um ein rettendes Raumschiff zu besteigen.

Schweißgebadet erwachte ich von einem Geräusch, das wie tausend herunterfallende Ziegel klang. Es war aber nur die nebenan befindliche sanitäre Anlage des Hauses.

In aller Herrgottsfrühe fragte ich den Hotelier nach der Adresse des Untertassen-Chronisten Arthur Shuttlewood und erfuhr, daß dieser Kollege den Chefredakteur, Chefreporter und alle anderen leitenden Posten des allwöchentlich in bescheidener Auflage erscheinenden *Warminster Journal* in seiner bescheidenen Person verkörperte.

Um zum Domizil Shuttlewoods in der Portway 17 zu gelangen, mußte ich das langsam erwachende Städtchen durchqueren. Die Ladeninhaber in Warminster beginnen ihren Tag damit, daß sie die mit einem Geldeinwurfschlitz versehenen Pappmaché-Hunde des «Königlichen Tierschutzvereins» vor die Tür stellen, um die in England obligatorische Tierliebe zu bekunden, denn sonst kämen keine Kunden. Sogar der Metzger Anthony Chinn hatte so ein Symbol der Liebe zur leider nur selten stummen Kreatur vor seinen blutigen, sauber zerlegten Tierhälften stehen.

Im Textilgeschäft Bush & Company legte die miniberockte Verkäuferin einen Puff (im Sinne von «rundes Sitzkissen») mit zwei aufgenähten Augen ins Schaufenster und stellte ein Schild «Das DING!» dazu. Erstes Zeichen kommerzieller Auswertung der Himmelserscheinung.

Mr. Arthur Shuttlewood empfing mich in aufgeräumtester Stimmung in der unaufgeräumtesten Wohnung, die ich je sah. Er sah aus wie ein hagerer, zerrupfter Nachtvogel, hatte nur ein Auge, aber zwei Telefone

Vom Autor an Ort und Stelle gezeichnete, naturgetreue Darstellung der Außenwand des Hauses von Mrs. Betty March, die angeblich durch das unverwechselbare Rauschen vorbeisausender Mars-Raumschiffe mehrmals aus dem Schlaf gerissen wurde. Man beachte die sehr pittoresken Abflußrohre, die nach alter englischer Sitte außen am Hause entlang in die Kanalisation führen.

und drückte mich sofort auf einen altersschwachen Sessel, in dem eine Kindertrompete, ein Stopfei und ein Kamm lagen.

«Seit dreißig Jahren schreibe ich hier nur Kleinstadtklatsch, und nun habe ich plötzlich eine Weltsensation! Ausgerechnet Warminster ist das Ziel von Raumschiffen aus dem All! Das ‹Ding› kommt zweifellos von einem anderen Planeten!»

Meinen Verdacht, daß er ein bißchen an dem Ding gedreht hatte, äußerte ich natürlich nicht.

Unser Gespräch wurde immer wieder von Telefonanrufen unterbrochen, in denen Warminsterer Bürger und Bürgerinnen dem Pressemann ihre Geschichte mitteilten. Nach der sensationellen Veröffentlichung im *Mirror* wollte jeder das «Ding» gesehen haben und dadurch in die Zeitung kommen, was aber niemand zugab.

Der Geltungstrieb aller vom Schicksal vernachlässigten Kleinstädter brachte Shuttlewoods Telefondraht zum Glühen. Nur mit Mühe gelang es mir, zwischendurch dem Untertassen-Chronisten Adressen von Augenzeugen abzuluchsen.

Die habe ich dann alle abgeklappert.

Der erste Besuch galt dem Hilfsarbeiter und Amateurfotografen Gordon Faulkner, 23, wohnhaft in der Dene Road 68. Ihm war es gelungen, das «Ding» auf den Film zu bannen und an das Fünf-Millionen-Blatt zu verkaufen. Er sah aus wie Tony Armstrong alias Lord Snowdon in Blond und machte sich gerade fertig zur Spätschicht in der Zementfabrik. Viel war aus ihm nicht herauszuholen. «Ich habe das Foto hier vor der Haustür morgens um halb sechs gemacht. Mehr darf ich nicht sagen, denn alle Rechte sind an den *Daily Mirror* verkauft.» Er schwang sich auf sein Motorrad und donnerte ab. Es klang, als ob zweitausend Ziegel vom Dach fielen.

Bei den nächsten Augenzeugen, Mr. und Mrs. Bill Manson, Hillwood Close 5, bat man mich zum Tee vor einem Kamin mit elektrisch erzeugtem Holzflacker-Effekt. Ausführlich wurde mir erzählt, daß beide Ehegatten in der vorigen Nacht von einem unheimlichen Geräusch hochgeschreckt wurden. Und wie klang es? «Es klang, als ob tausend Ziegel vom Dach fielen!»

Hier ist es vielleicht wichtig, zu erwähnen, daß Faulkners Heim ganz in der Nähe lag.

Weit Interessanteres wußte das seit langem im Ruhestand befindliche Ehepaar Harold (72) und Dora (68) Horlock, Cromwell Gardens 36, zu berichten. Schon ein dutzendmal sah Frau Dora frühmorgens um halb fünf, wenn sie ihren Riesenkater (im Sinne von «männliche Katze») an die frische Luft führte, zwei zigarrenförmige Raumschiffe am Himmel stehen und erst nach zwanzig Minuten in rasender Fahrt nach oben verschwinden. Eines von ihnen zog drei leuchtende Kugeln im Schlepp hinter sich her, sozusagen ein Weltraummutterschiff.

Gatte Harold, der mit einem Hörapparat im Lehnstuhl saß und Gebäck mümmelte, bestätigte die Aussagen seiner Vorrednerin vollinhaltlich, glaubte die Dinger aber etwas runder gesehen zu haben. Mrs. Horlock sah so aus, als hätte ihr Mann, hätte er nicht dran geglaubt, dran glauben müssen.

Insgesamt trank ich an diesem Nachmittag vor vierzehn elektrisch flackernden Kaminen Tee. Alle weiblichen Augenzeugen wollten zigarrenförmiges am Himmel gesehen haben, während die männlichen «Ding»-Beobachter durchweg von kugelrunden Formen zu berichten wußten. Welche Freud!

Einige Individualisten hatten keine fallenden Ziegel gehört, sondern lautes Pfeifen. Ein Ding mit 'nem Pfiff, wie der Berliner sagt.

Ziemlich müde, wenn auch reich informiert, kehrte ich ins *Wappen von Bath* zurück und lernte an der Bar Mr. Percy Carr kennen, den Vorsitzenden der örtlichen Handelskammer. Der hatte das Ding nie gesehen, sah darin aber große Chancen für den Fremdenverkehr und dozierte:

«Sie haben doch sicher vom Ungeheuer im Loch Ness gehört, das alljährlich zur Sommerszeit in der Presse, aber nie im See von Loch Ness auftaucht? Nur zwei Leute sollen es vor vielen Jahren im Nebel schemenhaft gesehen haben. Trotzdem lockt das nebulose Ungeheuer an jedem Wochenende Tausende von Engländern an, die den ganzen Sonntag damit verbringen, auf den See zu starren.»

Wer den englischen Sonntag kennt, an dem nichts, aber auch gar nichts los ist, wird diese Freizeitgestaltung noch relativ aufregend finden.

Warum sollte nicht auch das «Ding mit dem Pfiff» sensationshungrige Touristen anlocken, die den Umsatz in Warminsters Hotels, Restaurants und Pubs hoben?

Ich nahm mit dem ideenschwangeren Mr. Carr einige Drinks und dann den Abendzug nach London.

Im Abteil schlug ich die neueste Nummer des *Daily Mirror* auf. Er brachte ein großes Foto mit genau so einem «Ding», wie es Herr Gordon Faulkner knipste. Es schwebte über dem Londoner Parlamentsgebäude. Darunter stand: «Dieses Bild knipste unser Reporter vor dem Parlament, indem er einen runden Aschenbecher hochwarf und dann auf den Auslöser drückte.»

Was soll man nun glauben?

Diese schwerwiegende Frage muß sich der Leser je nach Veranlagung selber beantworten.

Ich konnte nicht mehr tun, als absolut authentisches Material zusammenzutragen, und schwöre nochmals: Keine Zeile dieses Berichts wurde von mir erfunden. Es ist die Wahrheit, nichts als die Wahrheit. Es ist keinen Augenblick daran zu zweifeln, daß meine diversen Gesprächspartner das «Ding» gesehen zu haben glaubten.

Wenn ich länger in Warminster leben müßte, sähe auch ich bestimmt hin und wieder «Dinger». Natürlich runde.

Mein gelber Rolls-Royce

Steigert es das Lebensgefühl und das Selbstbewußtsein, wenn alle Leute hinter einem hergucken, weil man einen besonders großen und teuren Wagen fährt? Jeder motorbewußte Mensch wird diese Frage mit einem klaren «Ja» beantworten.

Ich habe noch nie ein auffälliges Auto besessen oder auch nur besitzen wollen. Deshalb konnte ich mir erlauben, auf einer Abendgesellschaft beim obligaten Autogespräch die tiefschürfende Behauptung aufzustellen:

«Der Stolz auf einen Haufen Blech mit Chromleisten ist eine Pubertätserscheinung und beim Erwachsenen eine Art Exhibitionismus als Folge von Minderwertigkeitskomplexen. Die prunkvollen Straßenkreuzer sind reine Geltungstriebwagen. Ich würde mich genieren, in so einem Ding herumzufahren.»

Mit diesem Satz glaubte ich etwas Endgültiges und ungeheuer Kluges von mir gegeben zu haben.

Da sagte ein soignierter Herr, den ich nicht kannte: «Wenn ich Ihnen für einen Tag den auffälligsten Wagen, den es im Moment gibt, mit Chauffeur zur Verfügung stellte, würden Sie das annehmen? Es handelt sich um einen gelben Rolls-Royce ...»

Natürlich nahm ich an.

Der Herr entpuppte sich als Pressechef einer ganz

großen amerikanischen Filmfirma. Er erzählte, daß die Luxuskarosse im Breitwand-Opus *Der gelbe Rolls-Royce* die Titelrolle verkörperte. Im Fond des Traumautos hätten sich Ingrid Bergman und Rex Harrison, Alain Delon und Shirley McLaine, Jeanne Moreau und Omar Sharif geküßt und geliebt, wie das Drehbuch Terence Rattigans es befahl.

Mir schlug das Herz höher bei dem Gedanken, in den so erlebnisreichen Polstern dieses rollenden «Chambre séparée» sitzen zu dürfen.

Am nächsten Morgen fuhr der Rolls-Royce an meiner Haustür vor. So lang wie ein Omnibus, so gelb wie ein Postauto, mit taubengrauem Samt ausgeschlagen und von einem blaulivrierten, ungeheuer vornehmen Chauffeur gelenkt. Was man mir aber vorher nicht verraten hatte: das Baujahr des Wagens war 1930.

Trotzdem sah der Veteran aus, als wäre er soeben fabrikneu aus dem Laden geholt worden.

Ein auffälligeres Fahrzeug konnte es wirklich nicht geben. Passanten scharten sich um das blitzende Ungetüm, und an den Fenstern der Nachbarhäuser erschienen sprachlose Gesichter, die deutlich zu sagen schienen: «Jetzt ist der Schmidt endgültig verrückt geworden.»

Meine Frau, der alles Auffällige peinlich ist, weigerte sich beharrlich, das Haus zu verlassen. Die Kinder waren schon in der Schule. Ich mußte also allein hinaus.

Der Fahrer stellte sich als Mister Whipp vor, «von

Rolls», was einem Adelsprädikat gleichkommt. Er sprach kein Wort Deutsch und sagte im gepflegtesten Oxford-Englisch: «Entschuldigen Sie bitte, daß man den Motor hören kann. Zwei Zylinder sind heute morgen ausgefallen.»

Das war ihm sichtlich unangenehm, denn in einem Rolls darf, so verlangt es der Ehrenkodex der Firma, auch bei hundert Stundenkilometern nur das Ticken der Uhr vernehmbar sein.

Bevor ich unter den neugierigen Blicken der Umstehenden einstieg, rief meine Frau mich noch einmal zurück. Sie wies besorgt darauf hin, daß heute der unwiderruflich letzte Termin für einen Besuch beim Finanzamt sei, um einen Zahlungsaufschub zu erreichen. Für diesen Zweck schien mir das Fahrzeug denkbar ungeeignet.

Ich ließ mich in die Polster fallen, der Rolls rollte. Tief unter mir zogen die Dächer der Normalautos vorbei. Im Stoßverkehr der Münchner Innenstadt saß ich wie auf einem Präsentierteller. Mehr Aufsehen hätte ich auch nicht auf einem von zwei Löwen gezogenen römischen Kampfwagen erregen können.

Vor dem Gebäude der *Quick*, von der die in diesem Buch enthaltenen Reportagen vorfinanziert und abgedruckt wurden, öffnete Mr. Whipp den Schlag und lüftete ehrerbietig die Mütze. In diesem Moment kam mein Freund und Kollege, der Zeichner Loriot, über die Straße. Sein Gesicht schien für einen Augenblick die Farbe des Rolls-Royce anzunehmen. Es kann aber auch ein Reflex der Lackierung gewesen sein.

Mit todernstem Gesicht erzählte ich ihm, der prächtige Gebrauchtwagen sei ein Gelegenheitskauf und daß ich ab heute nur noch mit Chauffeur führe, weil sich mit fortschreitendem Alter und infolge häufigen Alkoholgenusses mein Reaktionsvermögen von Tag zu Tag verschlechtere.

Die Reaktion Loriots erschreckte mich zutiefst: Er glaubte den ganzen Unfug. Damit gab er deutlich zu verstehen, daß er mich schon seit Jahren für etwas verrückt hielt.

Nach diesem enttäuschenden Auftritt ließ ich mich im Stadtzentrum herumfahren und erledigte verschiedene Besorgungen. Beim Aussteigen bildeten sich immer wieder Menschentrauben um den Wagen. Die Leute fragten Mr. Whipp nach Baujahr, Benzinverbrauch und Besitzer.

Nach jeder Etappe berichtete der mit viel trockenem Humor begabte Rolls-Lenker, als was er mich gerade ausgegeben hatte: mal als den Herzog von Bedford, der in seinem Park bekanntlich Nudisten-Treffen veranstaltet, mal als den berühmten Schlagerkomponisten John Evergreen, mal als Nachtlokalbesitzer aus Soho. Seine Phantasie war unerschöpflich.

Beim Verlassen eines Schallplattengeschäfts erwartete mich ein Pulk von Teenagern und bat um Autogramme. Ich gab sie gern, in dem kindlichen Glauben, man hätte mich als mich erkannt. Diese schöne Illusion hielt nicht lange vor. Mr. Whipp gestand, er habe den Jugendlichen eingeredet, ich sei der Vater des Beatles Ringo Starr.

Das ganz große «Rolls-Royce-Gefühl» ist mit keinem anderen Gefühl dieser Erde zu vergleichen. Man sitzt hoch über dem Verkehrsgetriebe der übrigen motorisierten Menschheit und bildet sich deshalb ein, etwas Besonderes zu sein. Und weil man nicht hören kann, was die Leute sa-

gen, hält man die erstaunten, dem Wagen geltenden Blicke für ehrliche Bewunderung, die dem Einsitzenden dafür gezollt wird, daß er sich ein so feudales Gefährt leisten kann.

Sollten die Autogrammjäger diesen Bericht lesen, wissen sie, daß sie den Zettel mit dem unleserlichen Schriftzug wegwerfen können.

Mr. Whipp parkte, weil es keine andere Möglichkeit gab, ausnahmslos unter Halte- und Parkverbotsschildern. Es gelang ihm aber nicht, ein deutsches Strafmandat zu bekommen. Und dabei hätte er so gerne ein solches Dokument als Souvenir gehabt. Die vor oder hinter uns parkenden Normalautos kriegten alle eines unter den Scheibenwischer, aber dem Rolls-Royce mit der Londoner Nummer billigten die Ordnungshüter mildernde Umstände zu. Bis wir am Viktualienmarkt unter einem Halteverbotsschild und vor einer Wurstbude hielten, um die berühmten Weißwürste zu uns zu nehmen.

Als Mr. Whipp und ich einträchtig kauend auf dem Trottoir standen, kam ein junger Polizist. Er war ernstlich böse und schnauzte uns an: «Fahren Sie sofort hier weg! Aber *sofort*!» Wir verstanden natürlich kein Wort Deutsch.

Ich sagte freundlich: «We want a ticket.» Doch die fremdsprachige Bitte um ein Strafmandat wurde von dem diensteifrigen Freund und Helfer nicht verstanden. Wie gern hätte ich Mr. Whipp das ersehnte Andenken beschert! Aber er mußte, weil der Polizist darauf bestand, zwei Weißwürste ungegessen liegen lassen und weiterfahren.

«Das war der erste Deutsche und der erste Polizist, der nicht nett zu mir war», registrierte Mr. Whipp.

Vor dem Stand einer Obsthökerin schickte ich ihn

hinaus, um eine Banane zu holen. Ich wollte mal testen, was man sich als spleeniger Brite, für den man mich ja halten mußte, herausnehmen darf. Und was man sich leisten kann, wenn man sich einen Rolls-Royce leisten kann.

Wortlos und verbindlich lächelnd nahm Mr. Whipp so eine gelbe, zum Wagen passende Südfrucht vom Tisch und reichte sie mir in den Fond. Degoutiert zeigte ich mit dem Finger auf einen kleinen braunen Fleck an der Schale und wies die Banane zurück.

Der hochherrschaftliche Fahrer ging sie umtauschen. Dreimal. Die letzte Banane gefiel mir, ich löste die Schale ab und gab sie Mr. Whipp nebst einem Hundert-Mark-Schein wieder mit. Der überreichte beides der Obsthändlerin. Sie lachte beim Herausgeben, das Publikum lachte ebenfalls. So konnte ich meinem Engländer das goldene Münchner Herz vorführen.

Ob die Leute mich für verrückt oder nur für einen sublimen Bananenkenner hielten, entzieht sich meiner Kenntnis.

Dann fuhren wir bei einem Trödler vor, der an der Außenfront seines Ladens stark gebrauchte Hosen, Jacken und Schuhe ausgehängt hatte. Sorgfältig prüfte ich die Angebote, die mir der perfekt englisch sprechende Althändler machte, konnte mich aber nicht zum Kauf entschließen. Ein schnauzbärtiger Urbayer, der in der schnell anwachsenden Zuschauermenge stand, sagte zu seiner Frau: «Do siagst, dös ist so bei denane Lords, die tragen nur abgewetzte Garderobe! Dös nennt man Schnobismus!»

Nach diesem Intermezzo verlangte ich an einer Tankstelle für vier Mark achtzig Benzin und zahlte mit einem Scheck. Der Tankwart nahm ihn, ohne überhaupt nur draufzugucken. Mit einer tiefen Verbeugung und die Mütze abnehmend entließ er uns, nicht ohne vorher alle Scheiben geputzt zu haben.

Beim Weiterfahren wurde Mr. Whipp ein furchtbarer Schock versetzt. Neben uns fuhr ein gar nicht mehr vornehmer Rolls-Royce vorbei, der mindestens zehn Jahre mehr auf dem blechernen Buckel hatte als unser nobles Gefährt. Das peinlichste war, daß der ältere Bruder auf seinen Flanken in großen Lettern den Namen eines Münchner Delikatessenhändlers trug, dem das antike Stück als Lieferwagen diente. Es gab Mr. Whipp («of Rolls»!) einen Stich ins Herz, dieses Mitglied des Automobil-Hochadels in tiefster Erniedrigung neben sich zu sehen. «So weit dürfte ein Rolls-Royce nicht sinken», sagte er schmerzerfüllt, «aber das kommt davon, daß die Wagen nicht kaputtzukriegen sind.»

Bei dieser Bemerkung fiel mir die Geschichte von jenem spanischen Granden ein, der mit seinem schon sehr alten Rolls-Royce in der Nähe von Saragossa in ein überdimensionales Schlagloch fuhr, wobei die Achse brach. Vom nächsten Postamt aus telegrafierte er um Hilfe an Rolls in Crewe (Cheshire, Great Britain). Postwendend kamen per Hubschrauber zwei Werksmonteure, bauten eine neue Achse ein und verschwanden wieder durch die Luft. Ein Jahr lang wartete der stolze Spanier vergeblich auf die Rechnung. Dann schrieb er nach Crewe (Cheshire, Great Britain) und bekam postwendend die Antwort: «Es muß sich um einen Irrtum handeln. Eine Rolls-Royce-Achse bricht nicht.»

Ich fragte Mr. Whipp, ob die Geschichte wahr sei. Verschmitzt lächelnd sagte er: «Wahr ist, daß eine Rolls-Royce-Achse nicht bricht.»

Und nach dieser im tiefsten Sinne «höheren Wahrheit» erzählte er mir, daß unser Wagen fünfzehn Jahre als Gartendekoration im Park des Rolls-Royce-Sammlers Sir Koch of Gooreyend stand. Bis ihn der Schriftsteller Terence Rattigan für den Film entdeckte. Er brauchte nur aufgetankt und angelassen zu werden.

Nächste Station unserer Rundfahrt: das Finanzamt.

Mr. Whipp parkte in angemessener Entfernung und außer Sichtweite. Nachdem ich dem zuständigen Herrn meine finanzielle Situation in den traurigsten Farben geschildert und mein Stundungsbegehren begründet hatte, ging ich um die Ecke und stieg wieder ein. Da kam der Finanzbeamte angelaufen. Er brachte meinen Schirm, den ich in der Aufregung hatte stehen lassen. Der Blick, den der brave Staatsdiener auf den Rolls warf, ließ die Stundung ziemlich unwahrscheinlich werden.

Inzwischen war es Mittag geworden. Wir holten meine nichtsahnenden Kinder von der Schule ab. Sie strahlten wie unter dem Weihnachtsbaum und glaubten fest, das sei unser neuer Wagen. Die hochnäsige Art, in der meine Tochter aus dem Fond auf ihre neidvoll sich verfärbenden Mitschülerinnen hinunter sah, war eines Filmstars würdig. Mein Sohn ließ sich vor seinen staunenden Kameraden mit einem ganz neuen, blasierten Generaldirektorenlächeln in die Polster fallen. Beim Anrollen sagten beide Kinder glücklich: «Die platzen jetzt alle vor Neid!» Es wurde höchste Zeit, ihnen die Wahrheit schonend beizubringen.

Nun wollte ich gern mit der ganzen Familie zum Starnberger See hinausfahren und in irgendeinem ländlichen Gasthaus zu Mittag essen. Leider weigerte sich meine Frau immer noch, in den alle Blicke auf sich ziehenden Wagen einzusteigen. Sie hatte aber die gute Idee, mit unserem eigenen Wagen hinterher zu fahren und so zu tun, als kenne sie mich nicht. Sie war bereit, sich bei jedem Halt unter das Publikum zu mischen und mir später zu erzählen, was die Leute so sagten.

Als wir vor einem Gasthof mit einer wunderschön bemalten Fassade hielten, stand der Wirt vor der Tür. Ihm fielen fast die Augen aus dem Kopf angesichts des Wagens, der ganz deutlich auf sogenannte «hohe Gäste» schließen ließ. Mr. Whipp, den die liegengelassenen Weißwürste vom Viktualienmarkt immer noch wurmten, fragte: «Have you Weißwürscht?» Der Wirt hatte. Whipp of Rolls öffnete den Schlag und sagte: «They have Weißwürscht, Mylord.»

Das «Mylord» hörte meine Frau, die soeben vorgefahren war und über die ich vereinbarungsgemäß hinwegsah. In ihren Augen blitzte es. Sie schien einen teuflischen Einfall zu haben.

Nachdem Gatte, Kinder und Chauffeur in der Gaststube verschwunden waren, nahm sie den Wirt auf die Seite und flüsterte ihm zu: «Den Lord kenne ich von

Bildern aus der Zeitung. Er ist der Reisemarschall der britischen Königin. Vielleicht bereitet er einen Ausflug Ihrer Majestät vor ...»

Zu jener Zeit hatte die ganze Bundesrepublik das Queen-Fieber, denn die Herrscherin aller Briten reiste gerade durchs Land.

So schnell und so gut bin ich noch nie in meinem Leben bedient worden. Nach dem Essen (Madame wartete ein paar Tische weiter immer noch auf ihr Bestelltes) trat der Wirt an mich heran und stammelte etwas von der großen Ehre, die es für ihn wäre, wenn Ihre Majestät Elizabeth II. zu einem Imbiß bei ihm einkehren würde. Er sei auch gerne bereit, etwa notwendige Veränderungen an seinem Etablissement vorzunehmen.

Meine Frau zwinkerte mir zu. Ich roch den Braten und die einzigartige Chance, positiv in die bayerische Gastronomie einzugreifen.

Mit einwandfrei englischem Akzent sagte ich dem Wirt: «Ob Ihre Majestät hier einkehren wird, ist zwar völlig ungewiß. Das Auge Ihrer Majestät würde aber von Kriegervereinsbildern und den Darstellungen der Heldentaten bayerischer Regimenter, die Sie da an der Wand hängen haben, sehr schockiert sein. Auch der Zustand der sanitären Anlagen ist außerordentlich wichtig, denn da sind wir Engländer sehr empfindlich.»

Der rustikale Zustand gewisser Nebenräume in bayerischen Landgasthöfen hatte mich schon oft peinlich berührt, und noch mehr die patriotischen, kriegerischen Hausgreuel an den Wänden der Gaststuben.

Der Wirt war bereit, für das nicht angestammte Herrscherhaus alles Notwendige zu veranlassen.

Bei unserer Abfahrt trat das Personal vollzählig zu Ehrenbezeigungen an.

Dann bekam meine Frau endlich ihr Essen. Am Ortsausgang warteten wir auf sie.

Als die Familie wieder vollzählig war, wurden Möglichkeiten ausgesponnen, die das Vorfahren mit einem Rolls-Royce bot. Wenn wir uns etwas sputeten, könnten wir in allen bajuwarischen Gaststätten den patriotischen Wandschmuck verschwinden und die sanitären Anlagen auf Hochglanz bringen lassen. Aber von der Durchführung dieses «Rolls-Royce-Planes für unterentwickelte Lokale» mußte ich leider absehen, weil mir bei Erscheinen dieses Berichtes und Nicht-Erscheinen der Königin viele Schadensersatzprozesse am Hals gehangen hätten. Vorsichtshalber habe ich den königstreuen Weißwurst-Wirt mit einer Postkarte aufgeklärt. So wird also alles bleiben, wie es war.

Auf der Heimfahrt erzählte uns Mr. Whipp, daß alljährlich ein Abgesandter von Rolls in den kommunistischen Kaukasus fährt, um dort achthundertjährige Nußbäume, die eine ganz bestimmte und nur dort anzutreffende Pilzkrankheit haben, zu suchen und aufzukaufen. Denn nur das Holz dieser kranken Nußbäume bekommt jene vornehme Tönung, die Rolls-Kunden von ihrem Armaturenbrett verlangen.

Zum Abschluß des ereignisreichen Tages haben wir uns abends in die Autoschlange eingereiht, die am pompösen, von Scheinwerfern angestrahlten Münchner Nationaltheater vorfuhr und nerzbehängte Damen mit befrackten Herren ausspuckte.

An der riesigen Freitreppe des Prunkbaues, der von ferne an die Akropolis erinnert, fragte ich den diensttuenden Polizisten: «Excuse me, ist das die Hofbräuhaus?» Der biedere Polizist tippte sich nicht etwa an die Stirn, sondern brachte uns todernst und schonend bei, daß sich der internationale Bier-Wallfahrtsort gleich um die Ecke in einer Seitengasse befinde. Er stoppte den Verkehr in allen Richtungen, damit wir umdrehen konnten. (Wendekreis des Rolls-Royce: dreißig Meter.)

Nach diesem Schluß-Gag verabschiedeten wir uns dankbar von Mr. Whipp, der allen Spaß so schön mitgemacht hatte.

Von den eingangs erwähnten, auf der Abendgesellschaft geäußerten Sätzen nehme ich kein Wort zurück.

Ich gebe allerdings ehrlich zu, daß ich bei den obligaten Autogesprächen neuerdings hin und wieder einfließen lasse: «Ich hatte mal einen gelben Rolls-Royce ...»

Letzter Schrei aus Paris: Alles hinlegen!

In der Seine-Metropole, die auf dem Gebiet der Befriedigung von Amüsierbedürfnissen stets richtungweisend war, haben es einige clevere Gastronomen und Besitzer von Vergnügungsbetrieben verstanden, dem Lustbarkeitsgeschäft neue Impulse zu geben. Sie gingen in ihren Überlegungen davon aus, daß der Mensch von heute nur noch vom Bildschirm wegzulocken ist, wenn man ihm etwas Schockierendes bietet.

Mit diesem einfachen Rezept hat z. B. der Gastwirt Roger la Grenouille schon seit Jahren einen durchschlagenden Erfolg. Er betreibt das wohl skurrilste Restaurant von Paris. Das Lokal verdankt seinen weltweiten Ruf nicht nur der hervorragenden Küche (Spezialität: Froschschenkel), sondern auch dem wohlgezielten Appell an das, was Selbstkontrollorgane und andere um unsere Moral besorgte Instanzen als «niedere Instinkte» zu bezeichnen pflegen.

Meine umseitige Zeichnung kann die Dekoration des schlauchartigen Etablissements nur recht ungenau wiedergeben. Die gepfefferte Würze liegt in den kuriosen Schildern, Plakaten, Zeichnungen und Fotos, mit denen die Wände bis auf den letzten Quadratzentimeter bepflastert sind. Darunter befinden sich viele sehr liebevoll ins Detail gehende Darstellungen, die in direktem Zusammenhang mit den zum Fortbestehen der Menschheit absolut notwendigen Tätigkeiten stehen. (Man beachte, wie geschickt das peinliche Wort «Obszönitäten» vermieden wurde.)

Als ich das Lokal zum erstenmal und völlig ahnungslos betrat, nahm Roger la Grenouille mich am Arm und rief in den vollbesetzten Raum: «Wer will ihn haben?» Etwas geniert stand ich da und mußte allerlei kritische Zurufe der Gäste einstecken. Drei mittelalterliche Engländerinnen, die soeben an einem Vier-Personen-Tisch Platz genommen hatten, wollten und kriegten mich.

Nachdem wir bestellt hatten, ließen die Tischgenossinnen ihre Augen über die Dekoration schweifen und fanden zunächst alles nur pittoresk. Als sie dann aber an Einzelheiten hängenblieben, war eine deutlich sichtbare Schockiertheit festzustellen. Die Töchter Albions glaubten nicht recht gesehen zu haben, merkten aber bei nochmaligem Hinsehen, daß sie durchaus richtig gesehen hatten, woraufhin sie so taten, als hätten sie gar nichts gesehen.

Einige Rheinländer am Nebentisch hatten das beobachtet und lachten so lautstark und herzlich, wie es nur die Anrainer des Urstromes deutscher Romantik können. Einer von ihnen zeigte mit dem Finger auf einen besonders anstößigen Wandschmuck, worauf die Damen zu Eisblöcken erstarrten. Nach der zweiten Flasche Wein tauten sie aber auf. Und wie!

Die durch den Alkohol ausgelöste bacchantische Stimmung ließ sie immer wieder ausrufen: «It's shocking, but it's fun!» Schockierend, aber lustig. Sie ließen

Das Restaurant *Roger la Grenouille* in Paris dürfte das einzige Lokal der Welt sein, in dem man statt der Speisekarte ein Opernglas bekommt. Man benötigt es, um das mit Kreide auf eine Schiefertafel geschriebene Menü lesen zu können. Es hängt ganz hinten an der Wand. Eine zusätzliche Attraktion des Etablissements besteht darin, daß männliche Gäste die Kellnerinnen anfassen und weibliche Kunden jeden Alters den Oberkellner küssen dürfen.

sich sogar das restauranteigene Opernglas geben, um weiter entfernt hängende Dekorationsstücke genauer betrachten zu können.

Daß man durch Schockieren des Publikums ein zweitausend Personen fassendes Theater füllen kann, bewies die Direktion der «Alhambra», einer verschlissenen Music-Hall aus der Zeit um die Jahrhundertwende.

Den ersten Schock bekam ich bereits an der Garderobe, wo die diensttuende Dame für jedes abgegebene Stück einen Franc (80 Pfennig) verlangte. Für Mantel, Hut, Schirm und ein Buch machte das vier Francs. Als ich den Betrag auf den Tisch legte, sagte die Kleiderbewahrerin: «Bedienung nicht inbegriffen.» Ohne ein Wort des Dankes steckte sie den fünften Franc ein.

Das dünne Programmheft kostete inklusive Bedienung sieben Francs. Da wunderte es mich nicht mehr, daß Herr Volterra, der seinerzeit das berühmte Revue-Theater «Casino de Paris» für eine horrende Summe kaufte, vorher Programmverkäufer in eben diesem Etablissement war.

Und was wurde nun in dem vollbesetzten Haus geboten?

Es fing damit an, daß es nicht anfing. Eine Viertelstunde lang drangen aus dem geschlossenen Vorhang nur Flüche, Poltern und schiefe Töne einer malträtierten Trompete. Das war nicht etwa eine Panne, sondern ein Regie-Einfall.

Als sich der Vorhang endlich hob, bearbeiteten auf der leeren Bühne zwei Arbeiter mit Vorschlaghämmern eine aufgebockte Eisenbahnschiene. Sie hämmerten nach Noten, die von einem hin und wieder über die Bühne laufenden Mädchen umgeblättert wurden. Der infernalische Lärm dauerte volle zehn Minuten.

Nach diesem Ohrenschmaus für verwöhnteste Ansprüche veranstaltete das aus gutem Grund Stahlhelme tragende große Theaterorchester eine Katzenmusik auf Marseillaise-Basis. Daraufhin wurden vollreife Tomaten von eigens dazu ins Publikum gesetzten Komparsen nach den Musikern geworfen.

Dieser köstliche Inszenierungs-Gag wiederholte sich bei dem nun folgenden zweistündigen Programm ein- bis zweideutiger Sketche, mißtönender Gesangsnummern und grotesker Balletteinlagen mit schöner Regelmäßigkeit. Zu meinem Bedauern wurden an das echte Publikum keine Tomaten verteilt. Diesen Zusatzscherz ließ sich der Regisseur entgehen. Immer wieder wurde das Publikum in seinen heiligsten Gefühlen beleidigt, wofür es mit rauschendem Beifall dankte.

Schließlich trat ein Komiker an die Rampe und verkündete: «Ich werde versuchen, auf die Herrschaften in der ersten Parkettreihe zu spucken, ohne den Dirigenten zu treffen.» Der Orchesterchef spannte einen Schirm auf, der Komiker spuckte und traf zur großen Freude der Zuschauer den vorsorglich in die erste Reihe placierten alten Statisten, der in besseren Zeiten wahrscheinlich auf den die Welt bedeutenden Brettern im Heldenfach tätig war.

Das Theater ist allabendlich ausverkauft. Es lohnt sich also, das Publikum anzuspucken.

Um mich von den Schockbehandlungen dieses Abends zu erholen, besuchte ich den *Club de l'Étoile*, der nicht weit vom Unbekannten Soldaten ebenfalls unter der Erde liegt.

Die Marsmenschen-Helme des Étoile-Clubs machen es einigen Gästen möglich, nach ganz anderer Musik als die anderen zu tanzen. Über Kurzwelle wird jeder gewünschte Schlager in die Kopfhörer unter der schalldichten Haube übertragen.

Vom Vorraum aus konnte ich in drei schummrige, menschengefüllte Kellerräume hineinsehen. Hektisch zuckend gaben sich die zahlreichen Gäste einem Twist hin.

Plötzlich glaubte ich unter Halluzinationen zu leiden: Zwischen den Twistern tanzte ein Marsmenschen-Paar ruhig und gelassen einen langsamen Walzer. Beide hatten antennenbestückte Helme auf dem Kopf.

Was ich da sah, war aber keine Sinnestäuschung. Wer

als Individualist anders tanzen möchte als die anderen (und welcher echte Snob möchte das nicht?), läßt sich aus der in einem Nebenraum befindlichen Diskothek die gewünschte Musik über Kurzwelle in den Helm übertragen.

Während aus den Lautsprechern über der Tanzfläche extra heiße Rhythmen dröhnten, hörten die zwei Behelmten etwas ganz anderes und bewegten sich wie Traumtänzer.

Ich kam mit meinem Nachbarn ins Gespräch, einem sehr jungen Mann, der ein wunderhübsches Mädchen bei sich hatte. Er sagte: «Das wird sich nicht durchsetzen, obgleich es komisch aussieht. Wenn Sie etwas wirklich Neues sehen wollen, kommen Sie mit in den *Castell Club*. Da tanzt man die ‹Bostella›. Sensationell, sage ich Ihnen!»

Mehr verriet er nicht.

Sensationell war zunächst die Fahrt im Supersportwagen des Jünglings. Erstens wegen der Geschwindigkeit, zweitens aber, weil ich das Mädchen auf den Schoß nehmen mußte.

Der *Castell Club* hat sein Domizil im Keller eines abbruchreifen Gebäudes in einer finsteren Seitengasse, deren Häuser seit Napoleons Zeiten keinen Handwerker an ihrer Fassade gesehen haben. Auf dem schmalen Gehsteig standen Stoßstange an Stoßstange die Sportwagen der *jeunesse dorée*, deren Nachtlebensraum das Stadtviertel St. Germain-des-Prés ist. Das Clubhaus mit der windschiefen Tür ohne jede Aufschrift hätte ich normalerweise für ein Obdachlosenasyl gehalten.

So (und oft noch schlimmer) sah die praktische Ausführung des Modetanzes «La Bostella» aus, der eine Saison lang die Gäste des *Castell*

Durch einen spärlich erleuchteten Gang gelangten wir in einen strahlend hellen, luxuriös ausgestatteten Vorraum. Über eine enge Treppe ging es hinunter ins Tanzlokal.

Der mit Jugendstil-Zubehör reich dekorierte Keller war bummvoll. Eine große Kollektion sinnverwirrender Dekolletés tat sich vor uns auf.

Nach einem mühevollen Vorstoß standen wir eingekeilt an der Bar. Mein hier bestens bekannter junger Mann kaufte für 150 Francs eine Flasche Whisky. Dann erklang die «Bostella».

Club schreiend zu Boden gehen ließ. Angeblich wird man bei dieser Parterreakrobatik alle seelischen Komplexe los.

Was sich nun auf der Tanzfläche abspielte, war wirklich einzigartig. Ich hätte nicht für möglich gehalten, daß es auf dem Gebiet des Gesellschaftstanzes noch etwas völlig Neues geben könnte. Doch hier wurde es Ereignis.

Der Tanz begann damit, daß die Paare etwa eine halbe Minute lang zu einer fröhlichen Musik von einem Fuß auf den anderen hopsten und dabei die Hände über dem Kopf zusammenschlugen. Plötzlich wurden aus der flotten Hüpf-Melodie langgezogene, klagende Gitarrenklänge. Und auf einen Schlag gingen alle Tanzenden zu Boden. Sie wälzten sich, kreischten, lamentierten und strampelten in einem wilden Durcheinander von Armen, Beinen, Leibern und Köpfen.

Das dauerte so lange, bis die Musik ebenso plötzlich wieder fröhlich wurde. Alles sprang auf und hopste aufs neue mit zur Kellerdecke erhobenen Händen herum.

Die «Bostella» hat, wie man mir erzählte, einen tiefen psychologischen, ja sogar therapeutischen Sinn: Der Tanz ist angeblich geeignet, den von Zivilisationsschäden bedrohten Menschen von seinen Ängsten zu befreien. Während des traurigen Zwischenspiels soll jeder seine Nöte und Probleme mehr oder weniger laut hinausschreien und sie dadurch loswerden. Ich glaube aber, trotz der herrschenden Dunkelheit ziemlich genau beobachtet zu haben, daß die meisten Tänzer nicht etwa ihre Probleme hinausschrien, sondern sich durch herzhaftes Zugreifen bei den parterregegangenen Damen von ihren Ängsten zu befreien suchten. Außerdem schienen mir die am Boden strampelnden Kinder reicher Eltern kaum an Zivilisationsschäden zu leiden, sondern selber welche zu sein.

Die Geschichte, wie die «Bostella» geboren wurde, ist fast so komisch wie der Tanz selber.

Sie geht so:

Ein Journalist namens Bostel saß eines Abends traurig im *Castell Club* und hielt nach dem zehnten Whisky sein Leben für verpfuscht: eine bei hohem Promillespiegel völlig normale Schlußfolgerung. Als dann ein wehmütiger Gitarren-Flamenco ertönte, packte den erfolglosen Jungliteraten das heulende Elend. Er fiel vom Stuhl, wälzte sich am Boden und stöhnte immer wieder: «Ich bin unbegabt! Aus mir wird nichts!»

Um die peinliche Situation zu überbrücken, wurde fröhliche Musik geschmettert. Der arme kleine Bostel sprang auf, hopste umher und klatschte in die Hände. Monsieur Jean Castel, der Inhaber des Clubs, der das alles mit angesehen hatte, gebar daraufhin die «Bostella».

Leider konnte er sich die Idee des Zu-Boden-Gehens nicht urheberrechtlich schützen lassen. Denn kein Patentamt der Welt hätte das Hinlegen als etwas Neues und Schutzwürdiges anerkannt.

Die Sache hat auch sonst noch einen Haken.

Länger als eine Saison kann sich so etwas nicht halten, dann wollen die verwöhnten Gäste etwas Neues und womöglich noch Verrückteres. Vielleicht beschert man uns demnächst einen Tanz, bei dem man sich selber mit dem Schuhabsatz in den Allerwertesten tritt, und zwar zum Klang von Mazurka-Melodien. Man könnte den Tanz treffend «La Masoschurka» nennen.

Im Unterhaltungsgeschäft ist nichts unmöglich. Wer es nach diesem Bericht noch nicht glaubt, der soll einfach mal nach Paris fahren ...

Ich malte am Montmartre

Montmartre heißt auf deutsch soviel wie «Berg der Marter». Der Hügel oberhalb der Place Pigalle bekam diesen Namen, weil hier vor mehr als anderthalbtausend Jahren drei rechtgläubige Männer hingerichtet wurden. Die Historie berichtet, daß die drei (später heiliggesprochenen) Justizirrtümer nach der fachmännisch durchgeführten Enthauptung ihre Köpfe unter den Arm nahmen, zum nächsten Brunnen wanderten, dort ihre Gesichter wuschen und erst dann tot umsanken. Der betreffende Brunnen wird heute noch in einem Museum nicht weit von der Place du Tertre gezeigt. Also muß an der Geschichte was dran sein.

In unserem so humanen und fortschrittlichen 20. Jahrhundert ist es nun ein schöner und gern geübter Touristenbrauch geworden, den inzwischen in die Kunstgeschichte eingegangenen Montmartre ebenfalls mit dem eigenen Kopf unter dem Arm zu verlassen. Sauber eingerollt, von Künstlerhand gezeichnet, trägt man sein Porträt Schwarz auf Weiß (15 Francs) oder fleischfarben getönt (20 Francs) nach Hause.

Unter den rund einhundertundfünfzig pinselnden und strichelnden Musensöhnen, die in den Fremdenverkehrsstoßzeiten den alten Marktplatz von Montmartre bevölkern, verdienen mindestens fünfzig ihren

Lebensunterhalt durch das Abkonterfeien von Touristenköpfen. Ihre Erfolge im Zeitalter der Fotografie verdanken sie der Tatsache, daß Fotos meist allzu ähnlich sind und den meist nach dem Idealen strebenden Menschen nicht befriedigen können.

Einige Porträtkünstler haben an ihren Staffeleien den Hinweis hängen: «Ähnlichkeit garantiert, sonst keine Bezahlung!» Da die Meister des weichen und gepflegten Strichs ihre Modelle oft bis zur Unkenntlichkeit verschönen, bekommen sie stets den verdienten klingenden oder knisternden Lohn.

An einem sonnigen Frühlingstag saß ich gegenüber von Sacré-Cœur vor jenem kleinen Restaurant, in dem das wohl längste Essen aller Zeiten stattfand. Eine an der Hauswand angebrachte Gedenktafel verkündet nämlich: «Hier aß Suzanne Valadon von 1919 bis 1935, oft in Gesellschaft ihres Sohnes Maurice Utrillo.»

Während ich das muntere und sehr kommerziell ausgerichtete Treiben am klassischen Tummelplatz der Bohème beobachtete, trat ein bärtiger junger Mann mit einem Zeichenblock an mich heran. Er sah aus wie ein Oberammergauer Passionsstar und erbot sich, meinen Kopf aufs Papier zu bannen. Geniert lehnte ich ab. Da sagte er: «Ich bin Deutscher ... Sie sind doch der Manfred Schmidt ... ich kenne Sie von Fotos und aus dem Fernsehen!»

Ungeheuer geschmeichelt lud ich den Porträtisten zu einem Schnaps ein, um ihn über das Malerleben am Montmartre auszufragen. Weil sich aber gerade einige vollbesetzte Fremden-Omnibusse auf den Platz entleerten, kippte der Bärtige schnell den Apéritif herunter und gab mir seine Visitenkarte: «Jetzt ist gerade Hauptgeschäftszeit. Hier haben Sie meine Adresse, besuchen Sie mich morgen früh in meiner Wohnung, da kann ich Ihnen viel erzählen.»

Am Tage darauf nannte ich die auf der Visitenkarte angegebene Adresse einem Taxichauffeur. Er fuhr über die Place Clichy in den Stadtteil zu Füßen des Montmartre und hielt vor einem luxuriösen Appartement-Hochhaus. Das mußte ein Irrtum sein. Ein armer Straßen-Porträtist konnte unmöglich hier hausen. Aber die Adresse stimmte. Sicherheitshalber erkundigte ich mich beim Portier. Tatsächlich, der auf den Straßen seinem Gewerbe nachgehende Strichkünstler wohnte hier, Appartement Nummer 21 im siebten Stock. Soweit ich die Pariser Verhältnisse kenne, kostet so ein gepflegtes Neubau-Domizil mindestens achthundert Mark Monatsmiete.

Der am Tage vorher beim Ansprechen von prospektiven Porträtkunden ziemlich abgerissen gekleidete Maler empfing mich in einer eleganten blauen Clubjacke mit aufgesticktem, farbenprächtigem Wappen des britischen Königshauses und führte mich in sein sehr modern eingerichtetes Atelier.

An den Wänden hingen völlig abstrakte Ölbilder. «So was male ich, weil es mir Spaß macht», sagte er, «aber die Dinger sind kaum zu verkaufen.» Aus Höflichkeit verschwieg ich, daß mir das einleuchtete.

Am Boden standen reihenweise sehr naturalistisch gemalte Montmartre-Ansichten, Sacré-Cœur von vorn, von hinten und von der Seite. «Das ist die gängige Ware», erläuterte der in mehreren Sätteln gerechte Künstler, «das verkauft sich gut. Wer dem Publikumsgeschmack entgegenkommt, braucht niemals Hunger zu leiden.» Wem sagte er das?

Mit Erstaunen vernahm ich, daß die schnellste und rationellste Art des Geldverdienens das Porträtieren von Touristen sei. «In fünf Minuten knallt man so eine Visage aufs Papier, das macht jedesmal mindestens fünfzehn Francs, also zwölf Mark. Wenn's regnet, ist es etwas billiger. Bei gutem Wetter kann man in der Hochsaison auf drei- bis fünfhundert Mark am Tag kommen. Ich kenne einen Köpfe-Zeichner, der sich ein Schloß in der Provinz gemietet hat. Das ist natürlich eine Ausnahme, denn die meisten machen die lohnenden Konterfeis nur, um ihre andere Malerei zu finanzieren.»

Ich bekam Lust, in dieses seltsame Künstler-Milieu einzudringen und mich selbst als Straßenmaler aktiv zu betätigen. Ich äußerte den Wunsch, mich mit einer Staffelei und einem Zeichenblock unter den am Montmartre auf engstem und touristenreichem Raum zusammengeballten Malern aufzubauen.

Der erfahrene Bilder-Produzent war gerne bereit, mir dabei zu helfen.

«Sie müssen spätestens um halb sieben Uhr morgens oben sein, um sich einen guten Platz zu sichern», sagte er, «man darf nämlich nur an ganz bestimmten Stellen stehen. Da gibt es genaue Polizeivorschriften. Für alle Bewerber reicht es nicht, wer zuerst kommt, malt zuerst!»

Nach dieser witzigen Variante des ursprünglich aufs Müller-Handwerk bezogenen Sprichworts verabredeten wir uns für den nächsten Tag, der ein Sonntag war. Im Hinblick auf den stark entwickelten Wochenendtourismus ein verkaufstechnisch idealer Termin.

Als ich kurz nach sechs Uhr früh unausgeschlafen, Staffelei und Zeichenmaterial unter dem Arm, auf die noch menschenleere Place du Tertre kam, stand unter einem der wenigen Bäume ein abgehärmter Bohemien und versah einen kräftigen Strick mit einer Schlinge. War er des Künstlerlebens überdrüssig? Durchaus nicht. Er schob einen dicken Pflasterstein in die Schlinge, zog sie fest und hängte das Ganze an die Staffelei, damit der frische Morgenwind sie nicht umwehte.

In kurzen Abständen kamen aus den Seitengassen hochbepackte, fröhlich lärmende Kunstjünger, darunter auch mein bärtiger Mentor, diesmal wieder in bescheidener, farbbekleckster Kluft. Er zeigte mir, wo man sich aufstellen darf: nur am Rande des mit Sonnenschirmen, Restauranttischen und Stühlen bestandenen, von Buchsbaumkästen eingerahmten Gevierts in der Platzmitte. Die Trottoirs und Häuserwände sind sozusagen «off limits».

Ich bekam einen sehr günstigen Standplatz, genau gegenüber vom Lokal *Chez Eugène*. Während mein treusorgender Kollege und ich unsere Utensilien aufbauten, rollten Wagen der verschiedensten Preisklassen auf den Platz, darunter einige dicke Straßenkreuzer. Verwegene, grotesk gekleidete Gestalten sprangen heraus, luden Malgerüste nebst Ölgemälden ab und brachten die Fahrzeuge dann zu einem hinter der Kirche gelegenen Parkplatz. Die vollmotorisierten Künstler waren offensichtlich diejenigen Palettenfürsten, die dem Publikumsgeschmack am weitesten entgegenkamen.

Um sieben Uhr war das für Freiluft-Maler zugelassene Geviert bis auf den letzten Platz besetzt. Wer jetzt noch angetrabt kam, mußte wieder abziehen.

Ich wurde meinen Nachbarn vorgestellt. Da war zunächst Steve, ein sehr vornehm aussehender Engländer. Einst Pilot der Royal Air Force, dann Hafenkommandant in Daressalam. Er verlor den Posten anläßlich der Entladung eines Schiffes, das fünftausend Kisten Whisky an Bord hatte. Seit drei Jahren war er nun trinkfroher Kunstmaler hier oben am Montmartre. In dieser Zeit hatte er fünf französische Wörter erlernt, von denen drei unanständig waren. Eine so große sprachliche Anpassungsfähigkeit ist bei Engländern sehr selten.

Zu meiner Rechten hatte sich ein Düsseldorfer Akademieschüler etabliert, der gerade seine gelbe Periode durchmachte. Er sah aus wie der junge van Gogh, pflegte die Ähnlichkeit durch einen entsprechenden Bart und hatte bereits zu früher Morgenstunde eine fröhlich im Wind flatternde Alkoholfahne.

Das Hauptkontingent der dicht an dicht stehenden Künstlerschaft stellten die Spanier. Aber auch Deutsche, Skandinavier und Italiener waren reichlich vertreten. Franzosen gab es nur wenige, sie machten höchstens zehn Prozent der Platzbesatzung aus.

Bis zum Eintreffen der ersten Touristenwellen hatten wir noch mindestens drei Stunden Zeit. Zwecks Kontaktpflege lud ich meine nächststehenden Kollegen zu einem Begrüßungsumtrunk ein. Wir gingen in die Eckkneipe *Au Clairon* und tranken einen Kaffee mit «pousse-café», also mit einem «Kaffee-Herunterstoßer». Als solcher diente ein doppelter Calvados, der aus Apfelwein gebrannte normannische Schnaps. Dann nahmen wir noch einmal dasselbe, diesmal aber ohne Kaffee. Dann revanchierten sich die Malkameraden schräg gegenüber im *Sabot rouge*, wo es einen ausgezeichneten Muscadet gab, den idealen Frühstücks-Weißwein. Zwischen den einzelnen Runden wurden mir die täglich gegen zehn Uhr in Kraft tretenden polizeilichen Malvorschriften mitgeteilt, deren Nichteinhaltung einen mindestens zehnstündigen Aufenthalt in der Arrestzelle des nächsten Polizeireviers nach sich zieht.

- Es ist verboten, ein signiertes oder fertiges Bild auf der Staffelei zu haben. Jedes Ölgemälde muß eine feuchte, farbfrische Stelle aufweisen.

Dieses Verbot haben die anliegenden Kunsthändler durchgesetzt. Die Künstler sollen auf der Place du Tertre nicht handeln, sondern malen.

- Es ist verboten, ein Bein der Staffelei außerhalb des genehmigten Areals aufzustellen.

Eine Zuwiderhandlung gegen diese Anordnung

brachte meinem Kollegen Ergot vor wenigen Wochen ein Verfahren wegen Widerstands gegen die Staatsgewalt, Aufwiegelung der Passanten und Aufforderung zum öffentlichen Aufruhr ein. Er wollte das Staffelbein nicht zurücknehmen, das Publikum ergriff seine Partei, und es gab einen Riesenkrawall.

- Es ist verboten, sich mehr als drei Meter und länger als zehn Minuten von seinem öffentlichen Arbeitsplatz zu entfernen.

Dadurch soll, sicherem Vernehmen nach, die in Künstlerkreisen häufige Trunksucht eingedämmt werden.

- Es ist verboten, den Passanten Bilder zum Kauf anzubieten.

So sieht also das freie und ungebundene Künstlerleben von Montmartre aus. Um mich nicht zu entmutigen, versprachen die erfahrenen Kollegen, mir nachher an Ort und Stelle die Tricks vorzuführen, mit denen man die Verbote umgeht.

Dankbar spendierte ich im *Chez Eugène* noch einige Runden, wofür sich die Empfänger dann in der *Crémaillère* revanchierten. So lernte ich alle Lokale um den Platz herum genau kennen. Als wir an der Theke der *Mère Cathérine* unser dreistündiges Alkoholfrühstück beendeten, erzählte Steve folgende schöne und in diesem Moment ausgezeichnet passende Geschichte:

Ein Stammgast kommt in eine Kneipe und sagt zum Wirt: «Haben Sie schon gehört, der Dupont ist gestorben!» Darauf der Wirt: «Was, der Dupont? Er war einer meiner besten Kunden. Morgens ein Dutzend Schnäpse und zwei Flaschen Wein, mittags fünf bis sechs Apéritifs und zum Essen wieder zwei Flaschen Wein, abends noch mal dasselbe ... zu traurig! Woran ist er denn gestorben?» Darauf der Gast: «Man weiß es nicht!»

Als wir kurz vor zehn zu unseren Arbeitsplätzen aufbrachen, war ich festlich illuminiert und versprach den neuen Freunden, alles an diesem Tage durch den Verkauf meiner Zeichnungen einkommende Geld für ein großes abendliches Fest zur Verfügung zu stellen.

Bevor ich mich an meine Staffelei stellte, machte ich noch einen Rundgang um die Place du Tertre. Obgleich noch keine Fremden eingetroffen waren, wurde bereits überall eifrig gepinselt. Man brachte die vorgeschriebenen farbfeuchten Stellen auf den Bildern an.

Zu meiner großen Verwunderung betätigten sich die meisten Künstler auf diesem wohl malerischsten aller Plätze als ausgesprochene Fern-Maler. Sie malten Motive, die viele Kilometer entfernt und keinesfalls zu sehen waren: Notre-Dame, die Seinebrücke, Eiffelturm und Triumphbogen. Ein alter Holländer, von dem man mir erzählte, daß er hier seit vierzig Jahren stets dasselbe Landschaftsmotiv variiere, malte sogar ein Waldstück bei Fontainebleau. Den absoluten Distanzrekord hielt ein rotbärtiger Hüne, der mit in die Ferne schweifendem Blick den Hafen von La Rochelle naturgetreu in Öl umsetzte.

Ich war der einzige, der auf seinem Karton das darstellte, was er vor sich sah, nämlich den Platz mit seinen Malern und den Touristen aller Länder.

Einige auf Publicity bedachte Künstler hatten sich besonders auffällig kostümiert. Da werkelte ein blonder Jüngling in Frack und Zylinder und warf großäugige, traurig blickende Kinder auf die Leinwand, aus dem Gedächtnis natürlich. Diese rührenden Bilder werden seit Jahren gern gekauft, vor allem von ältlichen Amerikanerinnen.

Punkt zehn erschienen die Kriminalbeamten, die über die Einhaltung der Malvorschriften zu wachen haben. Es sind seit Jahren dieselben drei Ordnungshüter, jeder kennt sie.

Auch der Clochard vom Dienst, «Fernand der Twister», erschien pünktlich zur Arbeit. Er bekam diesen Spitznamen, weil er sich wegen seiner drei übereinandergetragenen Jacken nur schwer kratzen kann. Wenn ihn das in seinen Textilien hausende Ungeziefer juckt, macht er mit dem ganzen Körper twistartige Bewegungen und verschafft sich durch die hautscheuernde Wirkung seiner Kleidungsstücke Erleichterung und sogar ein bescheidenes Lustgefühl.

Die ersten Reise-Omnibusse donnerten heran. In Scharen quollen die Fremden heraus. Als sich ein etwa fünfzig Personen starker deutscher Pulk an den Staffeleien entlang schob, gab der Reiseleiter jedem, der sich porträtieren lassen wollte, fünf Minuten Zeit. Auf dieses Durchschnittstempo sind die Gesichts-Retuscheure eingearbeitet. Ein gutes Dutzend nach idealisierter Wiedergabe ihres Kopfes lechzende Touristinnen nahmen auf den bereitstehenden Klappstühlen Platz.

Ich zeichnete an meiner Staffelei eifrig das Getriebe.

RE
RESTAURAN
CLA

Am klassischen, von Touristenströmen überschwemmten Tummelplatz der Bohème baute der Verfasser seine Staffelei auf und fertigte nach der Natur dieses Bild vom Hochbetrieb auf der Place du Tertre. Das Original ist sechzig mal sechzig Zentimeter groß und fand selbst zum Schleuderpreis von 20 DM keinen Käufer unter den vielen Schaulustigen. Mancher Leser wird sagen: «Mit Recht!»

Gruppenweise blieben die Leute stehen und machten Randbemerkungen: «Guck mal, der zeichnet genau wie der ... na, wie heißt er noch ... der von der *Quick* ... ich komme nicht auf den Namen ...»

Eine ziemlich reife Touristin kramte ihr Schulfranzösisch zusammen und sprach mich an: «Wir haben in Deutschland einen, der zeichnet so ähnlich, aber besser!»

Ihr Gatte sagte giftig: «Der kopiert den Manfred Schmidt! Das müßte verboten werden!»

Es ging mir runter wie Honig.

Dann gingen die beiden weiter zum Nachbarn Steve, der mir nun vorführte, wie man geschickt das Verbot überspielt, Bilder zum Kauf anzubieten. Als das Paar vor seinem im handlichen Kleinformat gefertigten Notre-Dame-Ölbild stand, fragte er (natürlich auf englisch): «Gefällt es Ihnen?»

Um ihr Kunstverständnis zu dokumentieren, sagte die Dame: «Ja, es ist sehr gekonnt!»

Darauf Steve: «Sie können es haben!»

Die Verkaufsverhandlungen fanden anschließend im *Chez Eugène* statt, denn der Handel ist nur auf der Straße verboten.

Auch ich habe den Trick mit dem «Gefällt es Ihnen?» bei jedem versucht, der vor meinem (auf Seite 106/107 abgebildeten) Werk stehenblieb. Wenn ich dann aber den Preis von 25 Francs (soviel wie 20 Mark) nannte, lachten die Leute nur. Ein Amerikaner sagte sogar: «Wenn ich wollte, würden Sie mir Ihr Bild für einen Dollar geben, hahaha!»

Er ging weiter, um bei Steve ein halb so großes Ölbild für 30 Dollar zu kaufen.

Während die Kriminaler die Maler-Herde umkreisten, wickelte sich hinter ihrem Rücken ein reger Geschäftsverkehr ab. Touristenmassen drängten und schoben sich um das Staffeleiengeviert herum. Einige kommerziell besonders erfolgreiche Meister des Pinsels mußten mehrmals zu ihren Wagen gehen und neue Ware holen. Sie hatten an langen Winterabenden auf Vorrat Sacré-Cœurs, Seinebrücken und wehmütig blickende Kinderköpfe in diversen Größen vorgefertigt. Auch die Porträtisten machten gute Geschäfte, die Klappstühle, auf denen ihre Modelle saßen, wurden nicht kalt.

Nur ich hatte noch nichts verkauft.

Da beobachtete ich einen spitzbärtigen kleinen Mann mit Lavallière-Krawatte und Zeichenblock, der auf einen dicken Touristen zuging und rief: «Sie haben einen Schmerbauch, eine Kartoffelnase, Eselsohren und Schweinsäuglein ... ich werde eine Karikatur von Ihnen machen!»

Der so Angesprochene fand das sehr komisch und stand bereitwillig Modell.

Daraufhin habe auch ich mein Glück mit Porträtkarikaturen versucht, leider ohne jeden Erfolg.

Um es kurz zu machen: Bis zum Abend waren Tausende von Bundesbürgern und Touristen anderer Nationen an meiner Staffelei vorbeigezogen und hatten sich die einmalige Gelegenheit entgehen lassen, für ganze 20 Mark einen ziemlich großen, echten Schmidt zu erwerben.

Mein sonst sehr starkes Selbstbewußtsein schrumpfte zu einem lächerlichen Nichts zusammen.

Die Staffelei-Nachbarn, denen ich am Morgen so hoffnungsfreudig ein rauschendes Fest versprochen hatte, luden mich nun ihrerseits ein.

Vom Wein beflügelt, rieten sie mir, die Produktion auf ölgemalte Pariser Motive umzustellen und die Karikaturenzeichnerei als privates Hobby zu betreiben.

«Deine Karikaturen will ja doch kein Mensch haben», sagte der erfahrene Steve.

Selten in meinem Leben habe ich nettere Leute kennengelernt als die Maler von Montmartre. Daß sie nicht mehr arm sein wollen, kann ihnen heutzutage eigentlich niemand verübeln. Sie haben die richtige Synthese gefunden von kommerzieller Kunst und dem, was man so schön «künstlerisches Anliegen und Aussage» nennt. Sie wollen nicht hungern und noch weniger dürsten, deshalb malen sie, was verlangt wird. Einige von ihnen haben durchaus das Zeug dazu, in einer der feudalen Kunsthandlungen am linken Seine-Ufer ausgestellt zu werden, wo gerade zu dieser Zeit ein Künstler die Begeisterungsstürme der Ästheten und Kunstkritiker mit nackten Leinwänden entfachte, in die er Löcher hineingeschnitten hatte. Die Lochkompositionen waren kostbar gerahmt und ein teurer Leckerbissen für Snobs.

Abschließend möchte ich allen Lesern raten, sich bei einem eventuellen Paris-Besuch an der Place du Tertre mit echten Ölgemälden einzudecken. Wenn Sie hier oben kaufen, ist es weitaus billiger als in den Galerien. Außerdem haben Sie die Chance, womöglich einem neuen Picasso auf die Beine zu helfen.

Die Gelegenheit, dort einen echten M. Sch. zu kaufen, werden Sie allerdings nicht wieder bekommen.

Im Tessin ist noch viel frei

Wenn ein Bundesbürger wirtschaftlich besonders stark gesegnet ist, fühlt er sich am wohlsten mit einem schweren Wagen auf dem Hausdach und einem schnellen Motorboot unter dem Bett.

Diese Behauptung dürfte manchen Leser überraschen, und deshalb werde ich sie beweisen.

Unter strahlend blauem Himmel fuhr ich die Uferstraße am Lago Maggiore entlang, mit einigen tausend Autos auf eine Schnur gezogen, aus der es kein Entrinnen gab. Links stiegen die Berge steil an, rechts fiel die Fahrbahnkante senkrecht zum Wasser ab. In regelmäßigen Abständen ragten kleine Betonpodeste in den See hinaus, auf denen repräsentative Wagen mit schwäbischen und rheinischen Nummern parkten. Neben den Wagen standen an der Straßenkante kleine Gartenpforten, wie sie Zirkusclowns in die Manege mitzubringen pflegen: rechts nichts, links nichts, nur ein Törchen zum Auf- und Zumachen. Die völlig freistehenden Türchen vor dem blauen Himmel gaben der Landschaft ein geradezu surrealistisches Gepräge. Als vor mir ein Podest auftauchte, das nur zur Hälfte von einem Wagen mit Stuttgarter Nummer besetzt war, nutzte ich die Gelegenheit und fuhr hinauf. Und da sah ich, daß all die Podeste Dächer von Bungalows waren. Einfallsreiche

Architekten hatten die Häuser unterhalb der Straße an die Felswand geklebt.

Ich guckte über das Zirkusclowns-Gartentor. Ein steiles Treppchen führte hinunter zu einer Sonnenterrasse, auf der ein Herr in standesgemäßer Hollywoodschaukel seine Wohlstandspfunde der südlichen Sonne zum Kusse darbot. Er spürte meinen Blick und rief: «Wollet Sie zu mir?» Der anheimelnde schwäbische Tonfall machte mir Mut, und ich rief zurück: «Mich interessiert Ihr Haus! Es ist das schönste der ganzen Gegend!»

Das saß.

Ich wurde heruntergebeten und durfte mir alles ansehen: die mit Hilfe von Stilmöbeln, Tessiner Kupfergeschirr und offenem Kamin hochkultivierten Wohnräume, die rosenumrankte Pergola und schließlich die unter dem Schlafzimmer befindliche Motorbootgarage, in der ein vielpferdiger Außenborder auf dem Wasser schaukelte. Der stolze Besitzer behauptete, daß man als See-Anrainer unbedingt so einen Wasser-Rutscher braucht, um spazierengehen zu können. Auf der Uferstraße über dem Haus ist das unmöglich, weil die Autokette erst nach Mitternacht hin und wieder abreißt. Und mit dem eigenen Wagen zur Seepromenade des nächsten größeren Ortes zu fahren ist zwecklos, denn man findet keinen Parkplatz. Wer laufen will, braucht also unbedingt ein Motorboot.

Zu Hunderten zischen und donnern die hochtourigen Außenborder mit angehängten Wasserskiläufern über den See. Wenn sich ein Schwimmer mehr als fünf-

Konzentriertes Urlaubsglück findet der motorbewußte Mensch an den Ufern des Lago Maggiore. Zwischen den an die Uferböschung geklebten Bungalows und den steil aufragenden Felsen liegt ein vielbefahrener Schienenstrang und eine noch mehr befahrene kurvenreiche Autostraße. Da man hier vor jeder unübersichtlichen Kurve hupen darf, ja, sogar muß, ist für eine ständige, vielfarbige Geräuschkulisse aus Motorengedröhn und Mehrklanghörnern gesorgt. Autofahrer, die ein Motorboot bei sich haben (dieser Fall ist im Tessin sehr häufig), dürfen mit unbegrenzter Phon-Stärke an den Traumhäusern vorbeiknattern, wo finanzstarke Bundesbürger Erholung suchen und auch tatsächlich hin und wieder finden.

zehn Meter vom Ufer entfernt, riskiert er, halbiert oder haschiert zu werden.

Wir setzten uns in die Hollywoodschaukel und genossen das schöne, von Motorengebrumm erfüllte Panorama. Eine hübsche junge Dame im Bikini brachte uns kühle Getränke. In der Annahme, es sei die Tochter des Hauses, küßte ich ihr galant die Hand. Als sie wieder gegangen war, sagte mein Gastgeber: «Das war unsere Haushaltshilfe. Wir inserierten in einer Stuttgarter Zeitung: ‹Hausmädchen für Villa am Lago Maggiore gesucht›, und bekamen 163 Angebote.» Es ist nicht ausgeschlossen, daß mancher Deutsche im Tessin nur baut, um ein Hausmädchen zu bekommen. Um mich für die Gastfreundschaft erkenntlich zu zeigen, sagte ich dem Hausherrn das Schönste, was man dem Besitzer von irgend etwas nur sagen kann: «Sie sind zu beneiden!»

Er lächelte glücklich, aber auch ein wenig geniert, zeigte nach oben auf die stark beschädigte Decke des Schnellbootbunkers und seufzte: «Man hat manchen Ärger ... der Architekt hat zum Beispiel nicht mit Hochwasser gerechnet. Im Frühling stieg der See und hätte das Motorboot beinahe durch die Decke ins Schlafzimmer gedrückt. Als wir zurückkamen, war der Kahn hin ... 25 Mille! Das Wasser war bis in den ersten Stock gedrungen!»

Besorgt fragte ich, ob das den Teppichen und Möbeln nicht geschadet habe. «O nein», stöhnte der Schnellbootverbraucher, «die wertvollen Sachen waren schon weg. Am Heiligen Abend, den wir deutschen See-Anwohner natürlich in der Heimat verbrachten, fuhren hier fremde Lastwagen vor und räumten alles aus. Die Polizei fahndet heute noch nach den Tätern.»

Das war natürlich eine schöne Bescherung.

Um das Gespräch auf erfreulichere Dinge zu bringen, sagte ich: «Na ja, dafür haben Sie aber hier unten große steuerliche Vorteile ...»

Damit schien ich einen hochempfindlichen Nerv getroffen zu haben. Der biedere Schwabe in seinem bunten Freizeithemd brauste auf: «Das ist ein Riesenquatsch, den die Zeitungen aufgebracht haben! Achtundneunzig Prozent der Deutschen, die sich im Tessin ein Häuschen bauten, zahlen von jeder verdienten Mark ihre haushohen Steuern an die Bundesrepublik wie jeder andere auch! Die wenigen, die im Tessin einen gewaltigen Steuerschnitt machen können, sind die zwei Dutzend hier ansässigen bundesdeutschen Schlagertexter, Komponisten, Illustriertenschreiber und Buchautoren.»

Bei diesen bitteren Worten zuckte ich zusammen, mußte meinem Gastgeber aber recht geben, als er mir die finanzpolitischen Gegebenheiten erklärte. Demnach kommen die traumhaft niedrigen Steuersätze des Kantons Tessin, die fast noch schöner sind als die ganze Landschaft, nur solchen ausländischen Bungalow-Besitzern zugute, die mindestens 184 Tage im Jahr in der Schweiz wohnen. Außerdem verlangt das Gesetz wörtlich, «daß der Arbeitsschwerpunkt des Begünstigten in der Schweiz liegt». Und das trifft in erster Linie auf jene Geistesheroen zu, die sich im Tessin auf ihren Allerwertesten setzen und fleißig den ewig hungrigen deutschen

Markt mit Schlagern, Fortsetzungsromanen und Drehbüchern beschicken.

Die meisten dieser steuerbegünstigten Wort- und Tonsetzer sitzen in der Gegend von Ascona. Dort fuhr ich hin, nachdem ich mich von dem so steuerehrlichen Stuttgarter verabschiedet hatte. Sein Bungalow hatte übrigens, wie er mir beim Weggehen verriet, über 800 000 Mark gekostet. Wer sich das trotz Steuer-Ehrlichkeit leisten kann, verdient unsere Bewunderung.

Im Café *Verbano* in Ascona traf ich einen bekannten Roman-Autor, der seinen Arbeitsschwerpunkt schon vor mehreren Jahren ins Land der Eidgenossen verlegt hatte. Er war des Lobes voll über das in der Schweiz übliche System der steuerlichen Selbsteinschätzung. Man schlägt dem Finanzamt eine bescheidene Summe vor, die dann meistens akzeptiert wird. Im krassen Widerspruch zu ihren sonstigen Gewohnheiten schätzen sich die im Tessin lebenden Schriftsteller der Steuer (und nur dieser) gegenüber außerordentlich niedrig ein.

Man soll die fiskalische Selbsterniedrigung allerdings nicht übertreiben wie jener deutsche Erfolgsromancier, der sein Jahreseinkommen mit ganzen 15 000 Franken angab und sich dann ein Motorboot für 150000 Franken kaufte. So was fällt sogar einem Schweizer Finanzamt auf.

An den Tischen des sehr bescheiden ausgestatteten Cafés *Verbano* saßen viele sehr schick und teuer gekleidete, mit massivem Goldschmuck behängte Damen zwischen vierzig und fünfzig, die durch raffinierteste Schminktechnik den Zahn der Zeit zu überlisten versuchten. Mit unternehmungslustigen Blicken musterten sie die Männerwelt rundherum.

«Das sind die sogenannten *Verbano*-Girls», sagte mein Gesprächspartner, «Ehegattinnen von Rhein und Ruhr, die mit dicken Aktienpaketen in die Schweiz ausgelagert wurden und Stammgäste des Cafés *Verbano* sind.» Ich ließ mir den Vorgang der Auslagerung von Ehegattinnen genauer erklären, denn im Zeitalter der Volksaktie dürfte eine solche Transaktion weiteste Kreise interessieren. Der Trick wurde mir an einem einfachen Beispiel erläutert: Ein bundesdeutscher Unternehmer wandelt seine Firma in eine Aktiengesellschaft um. Er deponiert die Hälfte der Aktien als Besitz seiner (natürlich rechtzeitig gütergetrennten) Ehefrau in einer Schweizer Bank. Dann baut er seiner Lebensgefährtin im Tessin einen hübschen Bungalow, wo sie nunmehr 184 Tage im Jahr zu verbringen hat, damit die Dividenden nicht um die in Deutschland üblichen 25 Prozent Kapitalertragssteuer geschmälert werden. Die Kosten für den Bungalow kommen dabei spielend heraus und noch einiges mehr. Man bedenke: Gattin und ständig wachsendes Vermögen sind an einem sicheren Ort.

Die von den grausamen bundesdeutschen Steuergesetzen auseinandergerissenen Ehepartner trösten sich, so gut es geht, die meisten sogar sehr gut. Davon wissen manche rheinische Sekretärin und mancher Tessiner Beau ein Lied zu singen.

Aber wie schön wird es erst sein, wenn so ein geschickter Auslagerer eines Tages nach glücklich überstandenem Ernstfall singen kann:

Ich hab noch ein Vermögen im Tessin –
einst hatt' ich nur 'nen Koffer in Berlin ...

Aus gutem Grund weisen die Grundstücksmakler in ihren Inseraten immer wieder darauf hin, daß das Tessin «weitab von strategischen Zielen» liegt. Das hat auch jener ehemalige deutsche General erkannt, der seine wohlverdiente Pension in einem hübschen Eigenheim bei Ascona verzehrt. Wenn er mit stahlhartem Auge aus dem Fenster blickt, sieht er tief unter sich die Villa Erich Maria Remarques.

Bei einem Bummel durch das kleine Örtchen Ascona fallen die vielen eleganten Mode-Boutiques auf. Die im Tessin so reich vertretenen Damen des gehobenen Bedarfs haben hier genausoviel Auswahl wie an der Düsseldorfer Königsallee. Das Angebot an Antiquitäten für das kultivierte Heim ist außerordentlich groß und reicht von den heute so beliebten alten Kutschenlampen über Madonnen aller Größen und Preislagen bis zur kupfernen Bettpfanne. Zahlreiche Kunstgalerien sorgen für erlesenen Wandschmuck in den aus dem Boden schießenden Neubauten. Vom naturalistisch gemalten Oberförster bis zum abstrakten Farbfleck wird jeder Stilrichtung und jedem Geschmack Rechnung getragen. Die Kundschaft in Ascona ist geistig ganz beson-

ders hochstehend. Anders ist das Schaufensterp
nes Architektenbüros nicht zu erklären, auf de
wörtlich zu lesen stand:

«Die Dimensionierungen der Zimmer sind nach morphologischen Gesichtspunkten entwickelt und geschehen nach einem Modul, dessen Vervielfachung und Gegeneinandersetzung der Musik eigene Harmonie visuell zum Erklingen bringt.»

Auch wenn ich das begreifen könnte, möchte ich nicht so wohnen.

Im *Tamaro-Grillroom*, einem Treffpunkt der Prominenz, aß ich zu Abend. Die Gespräche, die von den Nebentischen zu mir herüberdrangen, beschäftigten sich, wie kaum anders zu erwarten, mit künstlerischen Problemen. Ein bereits südländisch aussehender Deutscher im Rollkragenpullover sagte: «Also det Lied, wat der Freddy da singen soll, muß ja tänzerisch uffjelöst werden, weil der Hartwich die Blue-Bell-Girls injekooft hat.»

Dem war zu entnehmen, daß hier die Regiebesprechung für einen Film stattfand, dessen Text und Musik von bundesdeutschen Autoren an ihren Tessiner Arbeitsschwerpunkten vorfabriziert wurden.

Die Kellnerin verriet mir, daß der müde aussehende Herr neben dem Rollkragen-Berliner einer der erfolgreichsten deutschen Schlagerkomponisten und schon seit Jahren hier in einer Feudalvilla ansässig sei. Ich erfuhr auch, daß wir diesem reichen Schlucker von Tantiemen das schöne, auf Millionen Schallplatten verbreitete Lied verdanken: «Junge, komm bald wieder, komm bald wieder zurück!» Man darf wohl annehmen, daß der steuerflüchtige Musensohn das zu Herzen gehende Werk schuf, nachdem er den Text eines Nachts im Traum von einem Chor bundesdeutscher Finanzbeamter gehört hatte. Aber er wird sich hüten, denen die Hälfte abzugeben.

Außer filmkünstlerischen Fachgesprächen konnte man noch andere interessante Dinge hören. Zum Beispiel die Geschichte vom bundesdeutschen Verleger, der in seinen Blättern gegen die Kapital- und Steuerflüchtlinge vom Leder zieht und sich soeben im Tessin ansiedelte.

Besonders typisch für unser Wirtschaftsleben war die Geschichte vom Kölner Eisenhändler, der sich hier unten für eine runde Million ein Häuschen bauen ließ. Als der Schweizer Architekt feststellte, daß wegen unvorhergesehener Trockenlegungsarbeiten der Kostenvoranschlag um mindestens 100000 Mark überschritten werden mußte, fuhr er nach Köln, um das dem Bauherrn schonend beizubringen. Der aber lachte nur und sagte: «Wegen so einer Lappalie kommen Sie extra her? Da hätte auch eine Postkarte genügt!»

Und da behauptet man, uns Deutschen fehle die Leichtigkeit der romanischen Völker.

Am späten Abend besuchte ich noch den in Blau und Rot, den Farben des Tessins, dekorierten *Ascona-Club*. Dort tanzten einige «*Verbano*-Girls», die etwas Passendes gefunden hatten, zwischen dekorativ aufgestellten Straßenlaternen.

An der Bar lauschte ich Gesprächen, denen zu entnehmen war, was in den High-Snobiety-Kreisen des Tessin als letzter Schrei gilt: Man baut sich eine vielzimmrige Luxusvilla mit allem Komfort, aber ohne Küche. Zum Essen geht man in die feinen Restaurants. Ein Druckereibesitzer aus Norddeutschland ließ sich bereits ein solches Haus errichten. Bei soviel Vornehmheit blieb mir der Whisky im Halse stecken, und ich ging.

Im Vorraum wurde mir eine «All Star»-Schallplatte angeboten, deren Erlös den Flüchtlingen in aller Welt zugute kommen soll. Ich fragte die Verkäuferin, ob damit auch Steuerflüchtlinge gemeint seien. Nach einigem Nachdenken verneinte sie das.

Am nächsten Morgen fuhr ich nach Lugano, dem zweiten Germanenschwerpunkt im Tessin. Auch am Luganer See sind angeblich bereits achtzig Prozent des Ufers fest in deutscher Hand. Deshalb gründeten einige Schweizer einen «Verein zur Verteidigung des Tessin», der weitere Grundstückskäufe durch Ausländer verhindern sollte. Der Verein hat den italienischen Namen «DIFESA DEL TICINO», abgekürzt DDT, wie das berühmte amerikanische Schädlingsvertilgungsmittel. Die Schweizer behaupten, italienische Grundstücksmakler seien an allem schuld, denn sie seien es, die den schweizerischen Heimatboden zu horrenden Preisen verkauften. Inzwischen sickerte aber durch, daß die italienischen Makler nur Strohmänner der laut wetternden Ur-Schweizer sind, die still und leise das viele Geld der Zuwanderer einstecken.

Einer der prominentesten Immigranten ist der rheinische Hotelier, Gastronom und Nachtlokalbesitzer Blatzheim, der, wenn ich so sagen darf, seine Finger in Übernachtungs-, Speise- und Vergnügungsbetrieben von Köln bis Kairo stecken hat.

Er baute hier ein Hotel, das wirklich das Letzte ist, im positiven Sinne natürlich. Da gibt es Zimmer zum Aussuchen in allen Stilrichtungen und für jeden Geschmack, bis zum allerschlechtesten. Aber auch das in höchster Vollendung. Dieses «Hotel der Sonderklasse für anspruchsvolle Gäste», wie es im Prospekt heißt, bietet vom Rundbett bis zum Hunde-Service (eigenes Bettchen, Näpfchen, Bäumchen) alles, was unsere gesellschaftliche Elite verlangen kann und muß.

Eine der großartigsten Schöpfungen moderner Komfort-Technik führte mir der stolze Hotelier persönlich vor: das vollautomatisierte WC ohne Papier. Ich bitte den Leser, mir Einzelheiten über diese geniale Kombination von Sprühfontäne und Warmluftföhn zu ersparen. Es ist jedenfalls ein technisches Wunderwerk und kostet zweieinhalbtausend Mark. Ich würde mich nicht wundern, wenn es mit Vorrang in alle Entwicklungsländer exportiert würde, um den Eingeborenen zu zeigen, was der in westlicher Freiheit schaffende Unternehmungsgeist zu leisten vermag.

Abschließend möchte ich allen Interessenten die beruhigende Mitteilung machen: Im Tessin ist noch viel frei. Emsige Makler durchkämmen systematisch das Gelände und knien den Bergbauern mit immer dickeren Angeboten so lange auf der Seele, bis sie einsehen: Soviel kann die Landwirtschaft nie einbringen. Es soll

Im Tessin ist trotz der großen Germanen-Invasion noch immer sehr viel frei. Man muß allerdings ein wenig suchen und darf Kletterpartien nicht scheuen. Findige Grundstücksmakler haben Steilwände zunächst mit Schildern erschlossen, und für die Bebauung finden die versierten Schweizer Architekten überraschende, adlerhorstartige Lösungen mit idealer Fernsicht.

schon vorgekommen sein, daß ein Bauer auf seinem verkauften Grundstück in die neuerbaute Villa als Butler übernommen wurde. Er wurde nicht von der heimischen Scholle gerissen, sondern für ein kultiviertes Leben gewonnen.

Wenn Sie also emigrieren wollen, wenden Sie sich vertrauensvoll an die Makler, die dauernd in den deutschen Zeitungen inserieren:

Grundstücke im Tessin!
Weitab von strategischen Zielen!
Fiskalische Abkommen!

Die meisten Deutschen, die im Tessin bauen, haben nachweislich keine steuerlichen Vorteile. Es muß also andere Gründe geben, die Bundesrepublik zu verlassen. Ich wüßte eine ganze Reihe. Doch das steht auf einem anderen Blatt, das ich hier keinesfalls aufschlagen möchte.

Zwischen Piste und Parkett

Kaum ein Rohstoff dieser Erde (vom Petroleum vielleicht abgesehen) wird kommerziell so geschickt und gründlich ausgebeutet wie der Alpenschnee. Die Fremdenverkehrs-, Ski- und Après-Ski-Industrie konnte in den vergangenen Jahren ihren Umsatz vervielfachen und brachte den schneebewußten Sportler durch wohlgezielte Bedarfsweckung so weit, daß er für zwei schlichte «Bretter» den Preis eines Mopeds erlegt. Ein Musterbeispiel für Bedarfsweckung ist die Erfindung von drei verschieden konstruierten Handschuhen für Slalom, Abfahrt oder Langlauf. Wer sich in abwechslungsreiches Skigelände begibt, wird so gezwungen, dauernd die Handschuhe zu wechseln.

Das wichtigste Werbemittel der Wintersportzubehör-Hersteller sind die internationalen Skirennen.

Wenn heute ein biederer, aber reaktionsschneller Bauernbursche umjubelter Sieger in einem Abfahrtslauf wird, so liegt das erstens an seiner Hose, zweitens an seinen Skiern und drittens bis zehntens an seinem Wachs.

Diese Überzeugung drängte sich mir auf, als ich mich in Kitzbühel eine Viertelstunde vor Rennbeginn der Piste näherte. Der seit Tagen schon nicht mehr jungfräuliche Schnee war mit Reklamen gepflastert. Ein riesiges

Plakat verkündete: «Weltmeisterhosen nur von XY!» Wenige Meter weiter hatte die Konkurrenz in großen Lettern den vieldeutigen Slogan angebracht: «Die Schnellsten tragen Sowieso-Hosen!» Meterlange, zwischen Masten aufgehängte Transparente priesen «Weltmeister-Skier», «Die schnellsten Skier der Welt» und den «schnellsten Ski-Belag» an. In einem Hang neben der Piste steckten einige hundert rote Papierfahnen und bildeten den weit ins Land hineinleuchtenden Namen eines Ski-Wachses. Andere Ski-Industrielle hatten ihr Eigenlob auf den Zäunen angebracht, die den Einlauf am Zielband umrandeten. Es war die wohl farbenfroheste Schneelandschaft, die ich je sah.

Die auf großen Gerüsten stehenden Kameraleute der Television konnten zielen, wohin sie wollten: Es wurde immer Werbefernsehen. In Pelzstiefeln, Lammfellmänteln und Bibermützen standen die Sportartikel-Fabrikanten herum, und man sah ihnen an, daß sie am liebsten mit ihren Spruchbändern vor den Kameras hin und her gelaufen wären.

Am Fuße der Piste waren Bahren gestapelt, ohne die heute kein Sportereignis mehr denkbar ist.

Durch das ski-modisch gekleidete Zuschauergewimmel schoben sich rustikale Gestalten in schlichten Lodenanzügen. Sie trugen Armbinden mit der Aufschrift «Kassier». (Das ist nicht etwa als kategorischer Imperativ des Fremdenverkehrs zu verstehen, sondern die österreichische Fassung des deutschen Wortes «Kassierer».) Diese einheimischen Männer musterten mit scharfem Blick die Brüste der Gäste. Wer noch keine

Eintrittskarte am Bändchen trug, mußte sie aus den mitgeführten kleinen Bauchläden erstehen.

Das größte Gedränge herrschte am Ziel, obgleich man dort am allerwenigsten von der Piste sah. Aber man erfuhr am schnellsten und auf Sekundenbruchteile genau die herausgeschundenen Zeiten. Und nur darauf kommt es dem echten Sportsfreund an.

Wurstmaxen oder, besser gesagt, Wurstseppln, Maronibrater und Schnapsverkäuferinnen machten im papierübersäten Schnee gute Geschäfte.

Weniger gute machte die Toto-Bude, wo man auf die Rennläufer tippen konnte. Der Toto-Gedanke hat im Schnee noch nicht so recht Fuß gefaßt.

Auch die Kinder der Einheimischen waren kommerziell tätig. Sie verkauften Programme. Ich erstand eines, es enthielt aber außer Inseraten für Keilhosen, Skier, Wachs, Sonnenöl, Nachtlokale, Skistiefel, Schlepplifte, Spielcasinos und Addiermaschinen (!) nur die kurze Angabe, um wieviel Uhr das Rennen beginnen sollte. Wer sich mit dieser relativ teuer erkauften Auskunft nicht begnügen wollte, konnte bei einer etwas später eingesetzten Kinderschar die Liste der startenden Pistengötter erwerben.

Unter der Nummer 62 war ein veritabler Gott aufgeführt: Karim Aga Khan, berufsmäßiger Gott der Ismaeliten. Die Chancen des orientalischen Gottes wurden von den Umstehenden sehr gering bewertet, denn Hoheit landeten bei vielen vorangegangenen Skirennen weit hinten, was ein etwas peinliches Licht auf seine Religion wirft. Aber die dem Aga Khan anhängenden

Bei diesen besentragenden, elegant gekleideten Damen handelt es sich nicht etwa um Putzfrauen, wie Kenner des Arbeitsmarktes annehmen könnten. Es sind weibliche Mitglieder der allerersten Gesellschaft auf dem Wege zum Curling, einer beliebten Leibesübung für ältere Herrschaften. Die schottisch gekleidete Mannschaftsführerin trägt auf der Brust die Abzeichen der mindestens zwei Dutzend Vereine, in denen eine standesbewußte Curlerin die Mitgliedschaft erwerben muß.

Gläubigen im Wüstensand werden wohl kaum die Wintersportberichte aus Österreich lesen.

Als die Lautsprecher verkündeten, daß der erste Läufer gestartet sei, sah ich hoch oben einen Punkt von der Größe eines mittleren Flohs über die Piste huschen. Der Punkt verschwand hinter einer Mulde. Da putzte ich mir die Nase und verpaßte den Moment, in dem die Skikanone mit etwa hundert Stundenkilometern vorbei

und ins Ziel schoß. Der Beifall war mäßig, denn es handelte sich um einen Ausländer. Dafür brauste aber ungeheurer Jubel auf, als der erste Österreicher um eine Zehntelsekunde schneller durchzischte.

Nun muß ich etwas sagen, was mir sehr peinlich ist, aber der Wahrheit entspricht: Das charmante und so vorbildlich neutrale Volk der Österreicher führt sich, wenn es um den Skisport geht, fast so auf wie Deutsche nach einer gewonnenen Fußballweltmeisterschaft. Und das will was heißen.

Die Einwohner der walzerseligen Donaurepublik behaupten allen Ernstes, die devisenträchtigen Wintersportler wünschten ihren Ski-Urlaub nur dort zu verbringen, wo die Abfahrtssieger zu Hause sind. Als ich das hörte, drückte ich dem Aga Khan beide Daumen, aber vergeblich. Der Gott lag wieder hinten. Sonst hätten wir womöglich erlebt, daß die Sportler in der nächsten Saison mit ihren Skiern in die Wüste ziehen.

Floh auf Floh wurde hoch oben am Start abgelassen. Franzosen, Polen, Kanadier, Jugoslawen, Schweden, Italiener und die im Programm diskret als BRD-ler und DDR-ler bezeichneten deutschen West- und Ost-Brüder. Sie alle, einschließlich des Ismaelitengottes, liefen für eine bundesdeutsche Schnapsfabrik Reklame, die ihren Namen groß unter die auf Brust und Rücken getragene Startnummer gesetzt hatte. Einen schöneren Beweis für den über alle Grenzen hinweg wirkenden Sportsgeist kann es wohl kaum geben, auch wenn es sich um eine Schnapsidee handelt.

Sieger wurde mit dem beachtlichen Abstand von mehreren Hundertstelsekunden ein Österreicher. Der Fremdenverkehr war also gerettet. Und weil jeder Keilhosen-, Ski- und Wachsfabrikant dem Sieger irgendwann einmal seine Produkte kostenlos übersandt hatte, waren auch die Slogans der Werbung gesichert. Man erzählte mir, ein Pistenstar benutze die vielen geschenkten Skier nur einmal und verkaufe sie dann mit geringem Preisnachlaß weiter.

Das ist wahrscheinlich nur ein Gerücht. Sollte es trotzdem zutreffen, wollen wir den Amateuren diese kleine Nebeneinnahme gönnen. Die bis unter den Sturzhelm mit Idealismus gefüllten Skikanonen sind samt und sonders bedauernswerte Opfer des Leistungssports. Sie werden von ihren nationalen Skiverbänden fünf Monate im Jahr über die internationalen Pisten gejagt, von Grand Hotel zu Grand Hotel geschleppt und nächtlichen Zimmerkontrollen unterworfen. Welche seelischen Schäden ein Bergbauernsohn davonträgt, wenn er nach Schluß der Rennsaison wieder in den heimischen Kuhstall zurückkehrt, wurde bisher viel zu wenig gewürdigt.

Man erzählte mir die Geschichte eines schlichten, aber rasant skifahrenden Bauernmädchens, das mit hochgestecktem Zopf und naturroten Backen in die Rennsaison ging, nach Schruns, Chamonix und Val d'Isère. Das Mädchen kehrte zurück mit modernster Frisur, großem Make-up und einem Schrankkoffer Après-Ski-Garderobe. Es war für die Milchwirtschaft und die einheimischen Burschen verloren.

Und damit wären wir beim Parkett, das für den Sportler oft gefährlicher ist als die Piste. Auch der Après-Ski-Betrieb folgt der Tendenz, immer schneller zu werden. Die enormen Energien, die der Wintersportler durch pausenlose Benutzung von Lifts einspart, werden bei Einbruch der Dunkelheit (und das ist im Winter ziemlich früh) in Bossa Nova, Madison und andere Modetänze umgesetzt, daß es nur so dampft.

Ich habe nach dem Rennen mehrere Après-Ski-Lokale besucht. Überall war es bummvoll. Skihasen aller Gewichts- und Preisklassen, Rennläufer, Funktionäre und Schlachtenbummler tanzten wie die Wilden oder führten an den Bars Fachgespräche. Mit Ausnahme der Sieger waren sich alle darüber einig, daß nur das Wachs das Rennen entschieden hatte. Es wurde sogar, wenn auch leise, der Verdacht auf Wachsspionage geäußert. Jede Nationalmannschaft hatte nämlich im Keller ihres Hotels eine Wachsküche eingerichtet, deren Betreten jedem Fremden streng verboten war. In Skisportnationen wiegt Wachsverrat noch schwerer als Landesverrat.

An einer Bar traf ich den berühmten Skihosenschneider M. aus Kitzbühel. Er feierte gerade den Abfahrtssieg einer von ihm gefertigten Hose. Ich fragte ihn, ob denn das Beinkleid einen Einfluß auf das günstige Abschneiden beim Skirennen habe. «Aber natürlich», sagte er, «meine Hose gibt Selbstvertrauen!»

Ich habe mir gleich zwei bestellt.

Der Beinbekleidungskünstler stellte mich einer Dame in hautengen Präzisionshosen vor, die mir ihre todsicheren Abrollbacken mit Frontalautomatik empfahl.

Die Sicherheitsbindungen mit Abrollbacken und Frontalautomatik lösen den Ski beim Stürzen und werden immer beliebter. Seit ihrer Erfindung ist die Unfallquote an den Skihängen auf ein Viertel des früheren Durchschnitts gesunken. Weil sich aber die Anzahl der Wintersporttreibenden in den letzten Jahren vervielfacht hat, tut dieser Fortschritt den auf Knochenbrüche spezialisierten Ärzten keinen Abbruch.

Eine volle Garantie für Unfallfreiheit kann natürlich

auch die beste Sicherheitsbindung nicht bieten. Als Beispiel möchte ich die komische Geschichte eines Freundes anführen, der zu Weihnachten ein Paar supermoderne Skier mitsamt den dazugehörigen Marsmenschenschuhen auf den Gabentisch gelegt bekam. Er schnallte sich die Skier unter dem strahlenden Lichterbaum an, fiel nach hinten um und lag wochenlang in Gips.

Wer Angst vor den ungeheuren Hebelkräften hat, die beim Skisport auf Knochen, Sehnen und Gelenke wirken, sollte sich dem Curling zuwenden. Diese oft verächtlich «Bettflaschensport» genannte Winterleibesübung findet immer mehr Freunde. Sie kommt aus Schottland, ist also bestimmt billig. Die Sportindustrie hat sich des Curlings noch nicht bemächtigt, weil an einem runden Stein und einem kurzen Besen nicht viel zu verdienen ist. Mehr braucht man nämlich nicht. Durch das eifrige Fegen vor dem über die Eisfläche rutschenden Stein wird die Blutzirkulation gefördert und die «Bettflasche» näher ans Ziel gebracht. Die fegerische Leistung einer Curlingmannschaft während eines Vormittags entspricht etwa dem Säubern eines zehnstöckigen Bürohauses.

Das Curling wird von den passionierten Fegern ungeheuer ernst genommen, denn sonst wäre es ja kein Sport. Das ist die einzige Ähnlichkeit, die das Curling mit dem Ski-Rennen hat.

Ich hoffe nun, dem Leser ein ungefähres Bild der Tendenzen im Wintersport gegeben zu haben. Daß Skilaufen etwas Herrliches ist, brauche ich wohl keinem zu erzählen. Genießen Sie die Schwerelosigkeit auf zwei Brettern, aber pfeifen Sie auf Rekorde. Nutzen Sie die Saison, allzuschnell ist sie vorbei.

Wenn die Sonne das erste Grün unter den Pisten hervorsprießen läßt, gehen die Bergbauern mit einem kleinen Eimer an die gefährlichsten Buckel und sehen nach, ob dort etwas glitzert. Bei den Stürzen im tiefen Schnee geht dem mondänen Publikum nämlich viel Schmuck und manche goldene Armbanduhr verloren. Daß die Pretiosen eimerweise eingesammelt werden, wage ich zwar zu bezweifeln, es wurde mir aber von Leuten, die es wissen müssen, ohne Augenzwinkern erzählt.

Für die Nerven – Amsterdam

Amsterdam dürfte wohl die einzige Millionenstadt der Welt sein, die einen therapeutischen Heilwert hat. Trotzdem versäumte die Schulmedizin bis heute, die Amstel-Metropole als Kurort anzuerkennen. Die Ärzte versuchen weiterhin, den von Manager-Krankheit bedrohten Wirtschaftskapitänen durch Injektion von Rindvieh-Frischzellen ihre geldbringende Spannkraft zurückzugeben. Sie versetzen ihre Patienten in zeitraubenden Heilschlaf oder unterziehen sie dem Kneippschen Naturheilverfahren, das aber von vielen Leuten nur ungern praktiziert wird, weil das Herumhopsen im nassen Gras dem Erfolgsmenschen viel von seiner unnatürlichen Würde nimmt.

Kein Arzt ist bis jetzt auf die Idee gekommen, die Managerkrankheit und andere nervenzerrüttende Folgen übertriebenen Arbeitseifers mit einer Kur in Amsterdam zu behandeln. Dabei hat dieses Verfahren eine hervorragende Heilwirkung, wie ich am eigenen Nervensystem erfahren konnte: Bereits nach einem Aufenthalt von wenigen Tagen war jede Nervosität wie weggeblasen, und ich hatte einen Zustand innerer Ruhe erreicht, wie ihn sonst nur Nachtportiers kennen.

Worauf beruht nun eigentlich die Heilkraft Amsterdams?

Sie beruht vor allem darauf, daß man sich hier unter Menschen von unerschütterlicher Ruhe bewegt. Diese innere Ruhe ist nicht etwa eine Folge sogenannter Triebverdrängung, wie es bei den Bewohnern eines schräg gegenüberliegenden Inselreiches häufig der Fall ist, sondern eine Folge des genauen Wissens um den wahren Wert (nicht Warenwert) aller Dinge, ob es sich nun um Gewürzhandel oder sogenannte Ideale handeln mag.

In Amsterdam hat niemand etwas zu verbergen. Auch im Parterre werden die Gardinen nie zugezogen. Jeder Passant kann sich bis in die späten Nachtstunden jederzeit überzeugen: Hier wohnen rechtschaffene Leute, denen Essen und Trinken schmeckt. Das Familienleben spielt sich sozusagen im Schaufenster ab. Die einzigen Parterre-Gardinen Amsterdams, die in den Abendstunden hin und wieder für kurze Zeit zugezogen werden, hängen in den aquarienhaft erleuchteten Fenstern jener Grachten am Hafen, die manchen Matrosentraum auf hoher See beleben. Da sitzen, züchtig über einen Roman oder eine Handarbeit gebeugt, auf windmühlenbestickten Kissen und zwischen prunkvollen Sofapuppen biedere Damen und warten auf Besuch. Kein Mensch kann behaupten, daß von ihnen eine nervenbeunruhigende Wirkung ausgeht.

Ein beglückendes Gefühl von Sicherheit, Ruhe und Solidität vermitteln alle Gebrauchsgegenstände dieser wohlgeordneten Stadt: Die Kaffeetassen wiegen leer fast ein Viertelpfund, die Aschenbecher haben das Format von Bernhardiner-Freßnäpfen, die Fahrräder haben durch zusätzliche Verstrebungen eine Tragfähigkeit von sechs bis acht Zentnern, und die Parkbänke sind für Menschen mit einem Quadratmeter Sitzfläche konstruiert.

Aber nicht nur die Gegenstände des täglichen Lebens sind ungeheuer stabil, nein, auch im Tode will der Amsterdamer von soliden Dingen umgeben sein. Das beweist ein gutgehendes Spezial-Geschäft für Grabvasen, das am Leidse-Platz zwischen der Austern-Bar *Old-Inn* und einem Tanz-Cabaret die Qualität seiner Waren mit diesem Plakat anpreist: «Grabvasen, solides Glas, frostbeständig bei minus 20 Grad, unfallsicher, bleiben ewig neu!» Das ist ohne Übertreibung noch weit mehr als eine Anschaffung fürs Leben.

Eine sehr wichtige Rolle bei der Amsterdamer Heiltherapie spielt die holländische Sprache. Ihre gesunde, pralle Bildhaftigkeit ist eine Wohltat und ein Quell der Freude für jeden Besucher, vor allem, wenn er nie ein Wort Holländisch lernte. Das Lesen von Schildern und Plakaten macht kaum Schwierigkeiten. Daß die Inschrift «Eet-Salon» auf ein Restaurant, also einen «Eß-Salon» hinweist, ist auch dem Sprachunbegabten sofort klar. Wenn an einer Straßenecke in Neon-Buchstaben das Wort «Schiet-Salon» leuchtet, handelt es sich allerdings um eine Schießbude. Und Melk-Salons sind nicht etwa Kuhställe, sondern Milch-Stuben.

Sogar Zeitungsüberschriften wirken auf holländisch beruhigend, auch wenn sie von Mord und Totschlag an irgendeinem unserer zahlreichen sorgfältig gepflegten Krisenherde berichten: Straßenkämpfe und Revolutionen werden schlicht als «Ongeregeltheten» bezeichnet. Mopeds heißen hier «Bromfietzen», also «Brummdinger». Das nimmt ihnen viel von ihrem Schrecken.

In meinem Hotelzimmer hing neben der stark vereinfachten Darstellung eines Zimmermädchens ein Schild mit der Aufschrift «2 × bellen!». Ich konnte mich nicht entschließen, den dienstbaren Geist durch ein kräftiges «Wau-Wau» herbeizurufen, und erfuhr dann, daß «bellen» das holländische Wort für «klingeln» ist. (Ein Sprachforscher könnte daraus schließen, daß in Holland die Hunde klingeln. Das trifft aber nicht zu.)

An den Straßenbahnen steht in leuchtendroten Buchstaben: «ACHTERN INSTAPPEN!» Das heißt «Hinten einsteigen!». Dieses «Instappen» sagt mehr über den resoluten Gang der Holländerinnen als alle langatmigen Beschreibungen.

Daß «Te huur» nichts weiter als «Zu vermieten» heißt, möchte ich nur am Rande erwähnen.

Den schönsten holländischen Satz fand ich im Reichsmuseum unter dem bekannten Gemälde *Jakob kämpft mit dem Engel.* Auf dem Messingschild unter dem Bild stand die holländische Übersetzung: «Jakob worstelt met den Engel». Wie gut täte es unseren bundesdeutschen Nerven, wenn «kämpfen» auch bei uns durch das beruhigend klingende und den Sinn meist viel besser treffende «worsteln» ersetzt würde! Hier einige kleine Beispiele:

«Alle Parteien worsteln für die Wiedervereinigung!» – «Das Wahlgeworstel beginnt!» und «Der Bundesverteidigungsminister kauft Worstel-Flugzeuge!» (Ich habe

Das Anbringen von Plakaten an der Hauswand ist verboten, das Anlehnen von Fahrrädern aber nicht. Dieses Fahrrad gehört einem Gastwirt, dessen Lokal in der Seitengasse liegt. Aber auch, wenn er mit dem Rad in der Stadt herumfährt, trifft die Pfeilrichtung zu, wenn auch nicht immer für *sein* Restaurant.

lange mit mir geworstelt, ob ich auch noch die «alten Worsteler» anführen soll, möchte aber doch lieber darauf verzichten.)

Als ich über einem Laden die Inschrift «Geneesmiddelen» las, tippte ich auf «Genußmittel». Es war aber eine Apotheke, die «Genesungsmittel» verkaufte. Nervenberuhigungs- und Aufputschmittel, die bei uns eine ganze Apothekenwand ausmachen, füllen hier nur eine kleine, selten geöffnete Schublade. Ein Beweis mehr für das gesunde Lebensklima Amsterdams.

Es gibt nur ganz wenige Apotheken, dafür aber eine Unmenge Delikatessengeschäfte. An einem dieser Läden hing ein Schild mit der überzeugenden Inschrift: «Geh lieber hier rein als zum Apotheker!»

Auf dem Rembrandt-Platz steht natürlich ein Rembrandt-Denkmal. Die jungen Maler Amsterdams beweisen sehr viel Feingefühl (und auch etwas

schlechtes Gewissen), wenn sie ihre modernen Werke nur hinter dem Rücken Rembrandts ausstellen.

Und damit wären wir beim Essen, das ja für jede erfolgreiche Kur enorm wichtig ist.

Eine echte Gefahr für die Gesundheit stellt das aus Marmelade, Honig, Butter, Schinken, Wurst, Eiern und Käse bestehende Amsterdamer Hotelfrühstück dar. Wenn man alles verzehrt, was der Kellner auf den Tisch stellt, erhöht sich der Blutdruck bereits am frühen Morgen und man bekommt den in Amsterdam sehr verbreiteten sogenannten «Hummerkopf».

Mein größtes kulinarisches Erlebnis in Amsterdam war eine indonesische Reistafel mit 36 (in Worten: sechsunddreißig) verschiedenen Schüsseln. Dazu kann ich jedem Kurgast raten. Es gibt kein Nahrungsmittel und kein Vitamin, das nicht in irgendeiner dieser Schüsseln enthalten wäre. Deshalb ist dieses Gericht allen Leuten, die diät leben müssen, sehr zu empfehlen: Was der Arzt verordnete, ist bestimmt dabei. Und der Rest kann auch nicht schaden, denn die Reistafel ist so gut gewürzt, daß alle im Körper vorhandenen Krankheitskeime sofort verbrannt oder in ihrer Lebensfähigkeit stark beeinträchtigt werden. Die Bekömmlichkeit der Speisen wird noch erhöht durch die berühmten holländischen Schnäpse.

Neben dem klassischen Genever gibt es «kurze» Getränke mit so schönen Namen wie «Juffertje in't Groen» (Jungfrau im Grünen), «Bruidstränen» (Brauttränen) und «Hemdje licht op», was «Hoch das Hemd» bedeutet und wohl auf den Schwebezustand hinweisen soll, in den man mittels dieses Schnapses gerät.

Nachts zieht es den Fremden magisch zum Rembrandt-Platz. Dort kann der Tourist, der für das Reichsmuseum keine Zeit fand, Rembrandts berühmtes Gemälde *Die Nachtwache* auch zu später Stunde als Fassade eines Cabarets betrachten. (Ich weise ausdrücklich darauf hin, daß es sich um eine auf Glas gemalte Kopie handelt.)

Um das Rembrandt-Denkmal herum liegt das internationale Vergnügungsviertel, das die sehr wichtige Aufgabe hat, die in anderen Stadtteilen liegenden, gemütlichen Amsterdamer Kneipen von Fremden freizuhalten. Wer zur Kur in Amsterdam weilt, meide dieses Viertel und lasse sich nicht von den französischen Lokalnamen wie *St. Germain des Prés*, *Chez Gaston* und *Trianon* täuschen: Hier wird nur deutsch, und zwar vor allem rheinländisch gesprochen.

Wer seine Nerven schonen und pflegen will, setze sich in eines der kleinen holzgetäfelten Lokale mit altem Kupfergeschirr, Delfter Porzellan, gepflegtem Bier und uraltem Genever. In diesem Milieu werden die so oft als ungesund verschrienen Getränke zur Nervennahrung. Bei mit Maßen genossenem Genever und kühlem holländischem Bier bekommt alles, was einem vorher enorm wichtig erschien, die richtige Proportion, das heißt, es wird vor dem genevergeschärften Auge ganz klein und unwichtig.

Ein Beweis für die erfolgreiche seelische Entschlakkung durch klaren Schnaps ist jene kleine Kneipe am Zeedijk, wo die massive Wirtin jeden Gast um ein kleines Andenken bittet, und zwar entweder um ein Kleidungsstück oder ein amtliches Dokument. Das macht die wackere Gastronomin seit über zwanzig Jahren, mit dem Erfolg, daß die Wände ihres Lokals dicht an dicht mit allen möglichen Papieren gepflastert sind. Da hängen nebeneinander Strafbefehle, ärztliche Atteste, Steuerbescheide, Impfzeugnisse, Frachtbriefe, Zahlungsbefehle, Heiratsurkunden und andere amtliche Genehmigungen. Von der Decke herunter baumeln Hunderte von Schlipsen, aber auch viele bedeutend wichtigere Kleidungsstücke. Vom Korsett bis zur Sonntagsrückfahrkarte ist alles da, was ein Mensch bei oder an sich haben kann. Wer den Mut aufbringt, die Fesseln der Konvention abzustreifen und amtliche Schriftstücke nicht mehr ernst zu nehmen, ist auf dem besten Wege zur inneren Gesundung und zum seelischen Gleichgewicht.

Mein Amsterdamer Kurverfahren schlägt, das gebe ich ehrlich zu, der Schulmedizin in das mühsam gewahrte Gesicht und wird auch von den Krankenkassen nicht anerkannt. Aber schließlich entscheidet ja der therapeutische Heilerfolg.

Zur Schonung des Nervensystems tragen auch die sogenannten «Spione» bei, die an sehr vielen Fenstern Amsterdams befestigt sind. Es sind Spiegel, mit denen die Hausbewohner, ohne selber gesehen zu werden, vom bequemen Lehnstuhl aus die ganze Straße kontrollieren können. Männer, die zu Eskapaden neigen, verzichten auf Ausführung ihrer illegitimen Gedanken, weil sie sich ständig unter Beobachtung fühlen.

Ich hoffe, daß ich mit meinen Ausführungen die Richtigkeit des Slogans «Sind's die Nerven – Amsterdam!» stichhaltig und hiebfest bewiesen habe. Ich muß allerdings zugeben, daß in einem speziellen Fall der Amsterdam-Besucher mit Nervenkitzel rechnen muß: Wenn er sein Auto mitbringt. Das Parkproblem (bekanntlich das einzige Problem, um das sich die meisten Bundesbürger ernstlich Gedanken machen) erfordert in Amsterdam Schwimm- und Tauchkenntnisse.

Diese Stadt hat nämlich mehr Kanäle als Venedig, wenn auch nur eine einzige Gondel, die als Dekoration vor einem Café liegt.

Man muß an den Grachten schräg parken, also mit dem Kühler zum Wasser. Nichts hindert den Wagen, in das drei Meter tiefe Wasser zu rollen, wenn man den falschen Gang erwischt oder die Handbremse nicht fest anzieht.

Als ich einmal nach langem Suchen endlich eine Parklücke entdeckte, fuhr ich schnell hinein. Ich konnte nicht ahnen, daß der Platz soeben frei geworden war, weil eine Dame den Vorwärts- statt des Rückwärtsganges erwischt hatte und mitsamt Auto unter dem Wasserspiegel verschwunden war. Als ich ausstieg, standen einige Leute am Uferrand und guckten ins Wasser. Da schwamm die Dame. Man zog sie heraus, und sofort beanspruchte sie wieder den Parkplatz: für die Feuerwehr, die den Wagen herausfischen sollte. Nachdem ich ziemlich weit weg ein Plätzchen gefunden hatte, kehrte ich an den Unfallort zurück, wo die Feuerwehr bereits mit einem riesigen Kranwagen bemüht war, den Wagen aus dem Wasser zu fischen.

Die Dame stand triefend dabei. Ich fragte sie, ob es

In Amsterdam parkt man schräg zu den Grachten, mit dem Kühler in Wasserrichtung. Laut Statistik fallen täglich mindestens zwei Autos ins Wasser. Diese junge Dame wollte gerade zum Baden fahren, als sie statt des Rückwärtsganges den Vorwärtsgang erwischte. Geschultes städtisches Personal fischt alles wieder aus den trüben Fluten.

nicht ein schauerliches Gefühl und ein furchtbarer Schreck gewesen sei, so plötzlich im Auto unter Wasser zu sitzen. «Och nein, das war nicht so schlimm», antwortete sie, «ich habe ja rechtzeitig einen Kursus mitgemacht, wo man lernt, wie man rauskommt. Schließlich fallen hier im Durchschnitt täglich zwei Autos ins Wasser!»

Ein echter Volkssport! Das wollte ich auch lernen, denn man kann nie wissen ...

Ich meldete mich zu einem «Auto unter Wasser»-Kursus. Er fand in einer Badeanstalt statt, weil da das Wasser sauberer ist als in den Grachten. Das Alter meiner Mitschüler bewegte sich zwischen sechzehn und sechzig Jahren. Alle trugen Badekleidung. Nur ein älterer Herr stand komplett angezogen am Rande des Schwimmbeckens und sagte: «So falle ich im Ernstfall rein, und so will ich auch üben!» Der Unterricht begann theoretisch und auf holländisch. Der Schwimmlehrer vermittelte uns als erstes die Grundregel für jeden Autofahrer, über dem das Wasser einer Gracht zusammenschlägt: «Bleiben Sie ruhig und beruhigen Sie die Insassen!» Das holländische Wort für Insassen, die «Inzittenden», sprach der Schwimmlehrer «Inzitternden» aus, was den Kern der Sache traf.

Zweite Grundregel: «Wenn Ihr Auto unter Wasser steht, schalten Sie sofort alle Lampen ein!» Das leuchtete mir ein, denn man will ja schließlich nicht nur wissen, sondern auch sehen, wo man ist.

Drittens: «Halten Sie den Kopf hoch und warten Sie ruhig, bis das Wasser im Auto bis unter Ihre Nase gestiegen ist. So befindet sich Ihr Kopf in einer Lufttasche. Holen Sie tief Atem und öffnen Sie die Autotür!»

Man muß schon Holländer sein oder sich längere Zeit in Amsterdam aufhalten, um unter Wasser die Nerven für alle diese Überlegungen zu haben.

Die vierte Vorschrift: «Keine Panik, wenn die Tür nicht aufgeht!»

Das finde ich nun etwas viel verlangt, auch wenn man berücksichtigt, daß Wasser nach Ansicht der Ärzte beruhigt.

Der Schwimmlehrer fuhr fort: «In diesem Falle beruhigen Sie zunächst die Inzitternden und versuchen es dann gemächlich noch einmal!» Er sagte wörtlich «gemächlich», auf holländisch «gemaakelijk».

Fünftens und letztens: «Bevor Sie aussteigen, fassen Sie die Insassen am Puls, so daß Sie in einer Kette nach oben steigen.» Ich habe die Anweisungen wörtlich mitgeschrieben und muß sagen: Das grenzt schon an Unterwasserballett.

Nach dieser gründlichen theoretischen Vorbereitung wurde praktisch geübt. Mit einer drallen Niederländerin bestieg ich das Kunststoff-Auto des «Königlich Niederländischen Bundes zur Rettung Ertrinkender». («Ertrinkender» heißt auf holländisch «Drenkeling», was der Sache sofort den unangenehmen Beigeschmack nimmt.)

Das Wasser stieg, vorschriftsmäßig steckten mein Mit-Drenkeling und ich die Köpfe in die gemeinsame Lufttasche. Dann ergriff mich Panik, die Dame beruhigte mich genau nach Vorschrift, nahm meinen Puls,

«Wichtigste Aufgabe des Fahrers ist es, die Mitfahrer zu beruhigen!» Diese Anweisung gibt der «Auto unter Wasser»-Lehrer per Lautsprecher, bevor das Plastik-Auto des «Königlich Niederländischen Bundes zur Rettung Ertrinkender» in den Fluten der Badeanstalt versinkt.

öffnete die Tür, und wir stiegen an die Oberfläche. Ich glaubte Beifall zu hören, es war aber nur das Wasser in den Ohren.

Zum Abschluß der wirklich lehrreichen Unterrichtsstunde gab uns der Lehrer noch ein Merkblatt mit, dessen letzter Satz lautete: «Besprechen Sie mit Ihren Mitfahrern *vorher*, wie Sie sich verhalten wollen, wenn Sie unter Wasser geraten!» Diesen Hinweis halte ich für besonders wertvoll, denn so verliert man unter Wasser keine Zeit mit endlosen Diskussionen.

Trotz dieses Unterrichts habe ich mich entschlossen, kein Auto mehr nach Amsterdam mitzunehmen. Denn Amsterdam ist die Stadt des Radfahrens. Das Radfahren im übertragenen Sinne, das bei uns weitgehend das öffentliche Leben bestimmt, ist in Holland unbekannt. Die aufrechten Holländer haben ihre Lenkstangen so hoch gestellt, daß sie den Rücken nicht zu krümmen brauchen.

In Amsterdam soll es nach amtlichen Schätzungen eine halbe Million Fahrräder geben. Ich glaube aber, daß es bedeutend mehr sind. Ich habe den Verdacht, daß die hinteren Reihen der tiefgestaffelten schwarzen Stahlrösser, die an allen Hauswänden, Brücken und Grachten stehen, von Leuten abgestellt wurden, die längst ein neues Fahrrad haben. Ich will nicht zum Diebstahl verleiten, glaube aber, daß man sich jederzeit aus der hinteren Reihe ein Rad entleihen darf, ohne daß es jemandem fehlt. («Stehlen» heißt auf holländisch übrigens «entfremden», was das Gewissen sehr beruhigt.)

Und damit wären wir wieder bei der beruhigenden

Heilwirkung Amsterdams. Zusammenfassend behaupte ich nach wie vor: «Für die Nerven – Amsterdam!» Wenn ich auch nicht verschweigen will, daß es die einzige Stadt auf der Welt ist, in der man reelle Chancen hat, daß einem ein Klavier auf den Kopf fällt. Wegen der engen und steilen Treppenhäuser werden nämlich alle Umzüge mittels Kranbalken außen an der Hauswand hoch getätigt. In diesem speziellen Fall kann ich für die Heilwirkung Amsterdams nicht garantieren.

Ostkontakt mit Geige

An der Kärntner Straße in Wien wirbt das staatliche ungarische Reisebüro «Ibusz» in seinen Schaufenstern mit verlockenden Plakaten für Reisen an den Plattensee und nach Budapest.

Am Informationstisch drängten sich die Interessenten. Was sie da an Visabeschaffungsformularausfüllungsvorschriften, Hotelgutscheinumtauschformalitäten, Westwährungseinfuhrbestimmungen und anderen kalten Papierkriegsvorbereitungen erfuhren, ließ nur ganz zähe Reisende bei ihrem Wunsch beharren, den Eisernen Vorhang vergnügungshalber zu durchstoßen und eine Volksdemokratie zu besichtigen.

«Volksdemokratie» heißt genau besehen «Volks-Volksherrschaft». Das volks-volks-herrschaftliche Reisebüro ermöglicht dem Gast, mit der Eisen-Eisenbahn, mit dem Flug-Flugzeug, mit dem Reise-Reisebus, mit dem Donau-Donaudampfer oder auch mit dem Privat-Privatwagen den Weg in die Freiheit (Ost) anzutreten.

Die Ibusz berechnet Fahrkarten und Hotelgutscheine auf Dollarbasis und weist Ostwährungen weit von sich. Daß man auch meine D-Mark gerne nahm, sah ich an dem devisenlüsternen Glanz in den Augen der Dame, die meine Scheine einstrich.

Auf der Fahrkarte stand: Abfahrt 7 Uhr 25 Wien-

Südbahnhof. Als ich um sieben Uhr früh auf dem Südbahnhof ankam, war dort von einem Zug nach Budapest nichts bekannt. Aber so leicht ließ ich mich nicht aus Ungarn fernhalten. In rasender Taxifahrt erreichte ich den Westbahnhof und konnte gerade noch auf den anfahrenden Zug springen. Der Erste-Klasse-Wagen der magyarischen Staatsbahn war völlig leer. Kein Wunder, wenn man auf den Fahrkarten den falschen Bahnhof angibt.

Im mit blauem Samt gepolsterten Abteil erwartete mich eine besondere Überraschung: Über Platz 31 war ein hübsch gerahmtes Werbe-Foto befestigt, das den westlichen Reisenden auf die verlockenden Reize Ungarns hinweisen sollte. Und was stellte das Bild dar? Das architektonisch sehr gelungene neue Krematorium von Debrecen, wo die berühmten scharfen Würstchen herkommen. Man muß schon ziemlich abseitig veranlagt sein, wenn man sich vom Foto eines Krematoriums zu einer Reise nach Debrecen verführen läßt. In der Werbung müssen die Ungarn wohl noch einiges lernen.

Ich nickte ein und träumte, meine Urne würde mit Zigeunermusik aus dem Debrecener Krematorium herausgetragen. Als ich aufwachte, fiel mein Blick aus dem Fenster auf ein niedriges Gebäude mit der Aufschrift «Österreichischer Grenztierarzt». Der Zug stand auf der Grenzstation Hegyeshalom. Ich hatte den Eisernen Vorhang im Schlaf durchstoßen.

Zu meinem Empfang hatten sich auf dem Bahnsteig ungarische Grenzpolizisten aller Dienstgrade, Zollbeamte und Paßkontrolleure versammelt. Von österreichischer Seite war nur der Grenztierarzt erschienen, der aber bei mir keinen Grund zum Eingreifen sah und sich wieder unter das Schild mit seiner Dienstbezeichnung setzte.

Ein eleganter Polizist kam ins Abteil, sagte höflich lächelnd etwas, das wie «Kölöpökörömöszörö» klang, und nahm meinen Paß mit. Dann kam ein Zollbeamter, dem ich meine D-Mark-Scheine vorzählen mußte. Ihm lief, wenn ich mich nicht täuschte, das Wasser im Munde zusammen. Dann guckte er in meinen Koffer und ging wieder auf den Bahnsteig, wo er salutierend dem Vorgesetzten meldete, was er alles gesehen hatte. Als der Polizist meinen Paß zurückbrachte, überreichte er mir einen «Statistischen Fragebogen», auf dem ich meine Personalangaben eintragen und einige auf ungarisch, französisch, russisch und deutsch gestellte Fragen beantworten sollte. In der Rubrik «Ziel der Reise» mußte das Zutreffende aus folgender Auswahl unterstrichen werden:

Kulturell – Wissenschaftlich – Kommerziell
Erfahrungsaustausch – Sport – Besuch
Erholung – Sonstiges.

Zunächst wollte ich nur «Sonstiges» unterstreichen. Um aber mein Interesse an der Volksdemokratie zu bekunden, habe ich alles unterstrichen.

Auf der Fahrt bis Budapest schwenkten die ungarischen Eisenbahner am Schienenstrang orangegelbe Flaggen statt der im Westen üblichen roten Fähnchen. Man will anscheinend das Rot nicht profanieren.

Der Taxifahrer, der mich vom Budapester Hauptbahnhof zum Hotel *Astoria* fuhr, hatte einen Freund in Ulm, wußte aber keine genaue Adresse. Trotzdem mußte ich ihm versprechen, diesen Freund zu grüßen, wenn ich mal nach Ulm käme.

Auf der Fahrt durch die Innenstadt bereute ich, kein Auto mitgenommen zu haben. Hier kann man nach Herzenslust parken, überall ist Platz. Wer das dem Westler völlig fremd gewordene Lustgefühl unbeschränkten Parkraumes auskosten will, fahre in den Osten. Man fährt nicht mehr links, wie vor dem Kriege, sondern rechts. Dafür steht man aber jetzt links.

Der Portier des *Astoria* gab mir meinen Hotelgutschein zurück und sagte, ich müsse diesen Hotelgutschein im Zwischenstock bei der Ibusz in einen Hotelgutschein umtauschen. Wunder des Papierkrieges! Der Ibusz-Beamte im Zwischenstock war eine gute halbe Stunde lang vollauf damit beschäftigt, meinen Hotelgutschein in einen neuen Hotelgutschein und mehrere Verpflegungsgutscheine aufzuteilen, diese Gutscheine zu heften, in eine Liste einzutragen, Durchschriften anzufertigen, mir Geld zu wechseln, die gewechselte Summe mit mehreren Durchschlägen zu bestätigen, in meine Zollerklärung als gewechselt einzutragen und mir meine Abschrift dieses Vorganges ans Herz zu legen, denn ich müsse sie bei der Ausreise vorweisen.

Auf meine schüchterne Frage, warum man mir nicht einfach Geld wechselte, mit dem ich dann im Restaurant bezahle, bekam ich die einleuchtende Antwort: «Die Gutscheine sind mit Wertangaben von soundso viel Forint versehen und bares Geld. Die Restaurateure bringen die Gutscheine zu uns zurück und bekommen den darauf verzeichneten Betrag unter Abzug der Verwaltungskosten der Ibusz.» Ein schöneres Beispiel für den Selbstzweck einer Bürokratie wird man auch im Westen kaum finden.

In dem mir zugewiesenen Zimmer hingen als Wandschmuck zwei schön gerahmte alte Stiche. An der linken Wand hing *Le Bain*, das Bad einer Rokoko-Schönen. Und was hing an der rechten Wand? Der Leser wird es kaum glauben: genau dasselbe Bild noch einmal. Bei Hotelzimmerbildern wurde also bereits eine Übererfüllung des Produktionssolls erreicht.

Der Speisesaal war in seiner hervorragend konservierten Jahrhundertwendenpracht nur mit den Sälen des Casinos von Monte Carlo zu vergleichen. Hier könnte man, ohne etwas hinzuzufügen, einen Ausstattungsfilm aus der hochkapitalistischen Zeit der Habsburger drehen. Die niederen Ober trugen hochgeschlossene, schneeweiße Litewkas und sahen aus wie k. u. k.-Offizierscasino-Ordonnanzen. Die Oberkellner und Maîtres d'hôtel trugen Maß-Fräcke, das männliche Publikum zum größten Teil den gesinnungstreuen Funktionärs-Schillerkragen.

Ich bekam einen kleinen Tisch neben einer sächsisch sprechenden Reisegesellschaft, die eine sogenannte Spalterflagge auf dem Tisch stehen hatte: Schwarz-Rot-Gold mit aufgenähtem Emblem. Der Ober fragte mich: «Sind Sie Deutscher?» Nichtsahnend bestätigte ich seinen Verdacht. Er sauste ab und kam mit einer Zonenflagge zurück, die er auf den Tisch stellte. Vom Nachbartisch winkte man freundlich zu mir herüber.

Wenn das mein Kanzler wüßte!

Ich flüsterte dem Ober zu: «Bringen Sie statt der Flagge lieber eine ungarische Fischsuppe!» Er nahm das Emblem wieder mit und brachte wenige Minuten später dieselbe Fahne in schmuckloser bundesrepublikanischer Ausführung. Die Sachsen am Nebentisch wurden eisig. Meinen Einwand, beim Essen sei ich staatenlos, erkannte der Ober nicht an. Auf dem ganzen Balkan herrscht, wie ich später noch oft merken sollte, in den Restaurants kein Wein-, aber Flaggenzwang.

Weshalb mir in diesem Augenblick das alte Sprichwort «Mitgefangen – mitgehangen» einfiel, weiß ich nicht zu erklären.

Nach dem ersten Löffel der auf Paprikabasis gekochten Fischsuppe hatte ich das Gefühl, daß mir Feuerqualm aus Ohren, Mund und Nasenlöchern drang. Ich schnappte nach Luft und konnte gar nicht schnell genug zum Glas greifen. Meine ostzonalen Brüder am Nebentisch löffelten dieselbe Suppe, aber ohne Verbrennungserscheinungen zu zeigen. Sollte der Ober in die Küche hineingerufen haben: «Eine Fischsuppe-West, sechs Fischsuppen-Ost?» Bei der momentanen Verhärtung der Fronten hätte es mich nicht gewundert. Das hinterher servierte Gansleberpörkölt versöhnte mich wieder. Dazu gab es einen exquisiten Wein, der meine Stimmung hob und mich davon überzeugte, daß man als Kapitalist auf Dollarbasis in einem kommunistischen Hotel ausgezeichnet leben kann. Das walte Marx!

Nach dem Essen wollte ich einen Stadtbummel machen. Vor dem Hotel stand ein österreichischer Reisebus.

Ein rundlicher schwarzhaariger Mann rief mir zu: «Rrrundfahrt durch Stadt Schwädden-Österreich?»

Ich stieg ein und sollte es nicht bereuen.

Im Bus saßen Schweden und Österreicher bunt gemischt. Der rundliche Herr war ungarischer Fremdenführer (von der Ibusz natürlich) und des Glaubens, die deutsche Sprache zu beherrschen. Er setzte sich neben den Fahrer, nahm ein Mikrofon und sprach hinein: «Ich habe mich verrgessen – ich habe mich verrgessen ...» Nanu, dachte ich, kommt jetzt etwa ein kommunistischen Reuebekenntnis? Aber nein. Es ging weiter: «Ich habe mich verrgessen vorrzustellen ...» Seinen Namen habe ich vergessen, aber unvergeßlich werden mir seine Erklärungen bleiben.

Hinter dem Ungarn saß ein deutsch sprechender Schwede, der die Auslassungen des Ibusz-Mannes für seine Landsleute ins Schwedische zu übersetzen versuchte. Ich kann kein Wort Schwedisch, es muß aber eine ungeheuer komprimierende Sprache sein. Wenn der Ungar zwanzig Sätze zur Beschreibung des Freiheitsplatzes benötigte, erledigte der Schwede das mit etwa fünf Wörtern. Wenn dann der Ungar staunend fragte, ob das alles war, sagte der hagere Schwede trocken: «Ja!» Trotzdem lächelte der Ungar stets höflich, wenn auch verzweifelt. Als er uns vor dem Parlamentsgebäude erzählte, daß es auch heute noch als Parlament benutzt würde, sagte der Schwede nur: «So?»

Die Art und Weise, wie die Budapester manche der fest einbetonierten öffentlichen Bänke benutzen, beweist deutlich, daß staatliche Planung nicht immer dem Volkswillen entspricht.

«Virrmal in Jarr wärden hirr Gesätze beschlossen. Sind noch Frragän, bitte särr?»

«Nein!» sagte der Schwede kollektiv.

Leider entgingen den schwedischen Mitreisenden durch diese Übersetzungsmethode viele Feinheiten: «Dame an Bahnhoff ist Allägorie däs Värkährs!» Damit meinte er die weibliche Bronzefigur auf dem Dach des Hauptbahnhofs.

Oder: «In dieses Park man sieht viel schöner Büsten!» Eine besonders hintergründige Pointe entging den Schweden vor einem Riesengebäude, in dem sich nach Auskunft des Ungarn das Innenministerium befand. Am Eingang stand in großen Lettern auf einer Messingtafel: «Belügy-Miniszterium».

«Innen» heißt auf ungarisch also «belügy». Leider gab es von diesem Bauwerk keine Postkarten, sonst hätte ich unserem Bundes-Belügy-Minister eine geschickt. Aber der weiß sowieso längst, daß ich im Osten war.

Vor einem Museum verkündete der Ibusz-Führer: «In Musäum allä griechischän und römischän Plastik in Gipskopiähn. Däshalb unsärre Bildhauär nicht brrauchän verraisen, können alläs hier sähän!»

Wir fuhren natürlich auch in das hunderttausend Zuschauer fassende Nep-Stadion, das jedem Fußballfreund bekannt ist und dessen Beschreibung ich mir für die wenigen anderen Leser wohl schenken kann. («Nep» ist hier kein gastronomischer Fachausdruck, sondern das ungarische Wort für «Volk».)

Der Cicerone zeigte uns die Ehrentribüne und berichtete voller Stolz, daß sie einen eigenen unterirdischen Zugang und ein eigenes Büfett habe.

«Sind noch Frragän?»

«Nein ...»

Wir sahen viele neue Wohnblocks und Baustellen. Das muß man den Ungarn lassen: Es wird unheimlich viel gebaut. Bauarbeiter sind genauso knapp wie bei uns und werden vom Staat gehätschelt. Sie brauchen für ihre Wohnungen nur eine symbolische Miete von etwa 15 Pfennigen monatlich zu zahlen. So sagte wenigstens der Fremdenführer, der seine Glaubwürdigkeit allerdings etwas erschütterte, als er später auf der Fischerbastei verkündete, Beethoven habe «in Jahr eintausändundvierhundärt in Budapäscht seine schönsten Wärke komponiert».

Zum Abschluß der Stadtbesichtigung fuhren wir zum Befreiungsdenkmal hinauf. Eine Gruppe ältlicher Engländerinnen mit Strohhüten desselben Modeschöpfers, der die römischen Droschkenpferde beliefert, ließ sich unter dem erzenen Sowjetsoldaten fotografieren. Ein Bild von wahrhaft internationalem Gepräge fürs Familienalbum (und als Motiv interessant für jeden Psychoanalytiker).

Wir hatten viel Interessantes gesehen und viel Langweiliges gehört. Deshalb schüttelte ich dem Genossen Fremdenführer beim Abschied dankend die Hand.

Und nun wird der Leser, nachdem der Ibusz-Mann weg ist, mit Recht fragen: Wie war der allgemeine Eindruck der Stadt? Wie sahen die Leute aus? Und die Schaufenster? (Der Inhalt von Schaufenstern ist für den Westler bekanntlich das einzige maßgebliche Freiheitskriterium.)

Der allgemeine Eindruck war aus der Nähe der einer sauberen Arbeitervorstadt. Und aus der Ferne, nämlich vom Gellertberg, der des einmalig schön in der Landschaft liegenden alten Budapest.

Die Eleganz, die sich früher auf dem Donau-Korso zeigte, ist natürlich weg. Das liegt in der Natur der Sache, wenn ich so sagen darf. Die hübschen Mädchen sind auch hier hübsch, und die anderen sind es auch hier nicht. Mehr will ich nicht sagen, sonst gerate ich in den Verdacht, ein Handlanger des Ostens zu sein.

Auf den Hauptstraßen steht alle paar Meter ein briefkastenähnlicher Papierkorb, und alle paar hundert Meter ein altes Mütterlein mit einer antiken Dezimalwaage, auf der man sein Gewicht prüfen lassen kann. Wer ein gutes Trinkgeld gibt, wiegt ein paar Pfund weniger. Denn die früher für ihre Leichtigkeit bekannten Budapester Damen sind ziemlich schwer geworden.

Sehr groß ist das Angebot an Porzellanfiguren, ein Beweis dafür, daß die gutbürgerlichen Instinkte noch nicht erloschen sind. Ich sah nackte Porzellandamen, die mit verzweifeltem Gesicht Schlangen am Busen nährten, viele Tänzerinnen, auf Hähnen reitende Pferdehirten in ungarischer Volkstracht (ein echtes Doppelsymbol) und vieles andere mehr, was jeden Vergleich mit dem Westen aushielt.

In den Buchläden gab es neben den Klassikern aus Marxismus und Literatur auch so unterhaltsame Werke wie «Über die extraktive Aufarbeitung bestrahlter Kernstoffe». Der Bildungshunger ist enorm.

Das Textilangebot war, den Schaufenstern nach zu urteilen, normal. Zum Umrechnen der Preise war ich einfach zu faul, was mir die geneigten Leserinnen nie verzeihen werden.

Es war ein glutheißer Tag, deshalb besuchte ich am späten Nachmittag das berühmte Wellenbad im *Gellert Hotel*, wo sich früher viel Halbwelt tummelte und heute die Funktionärselite der halben (östlichen) Welt.

Im Schwimmbassin hatte ich eine ganze Reihe sehr direkter Ostkontakte, denn es war bis an den Rand mit Delegationsmitgliedern aus diversen Volksdemokratien gefüllt. Zunächst warf mich eine der meterhohen,

Sehr schwierig ist es für den Gast aus dem Westen, das richtige Gesicht zu machen, wenn ihm der Zigeunerprimas mit schluchzender Fiedel ins Ohr geigt: «Wien, Wien, nur du allein, sollst stets die Stadt meiner Träume sein ...» Ist aber deshalb der Musiker schon Antikommunist oder Rechtsabweichler?

durch eine Maschinerie erzeugten Wellen gegen einen kleinen sommersprossigen Herrn, dessen Nationalität wohl durch seinen spontanen Ausruf «Gannste nich uffpassen, Genosse?» hinreichend gekennzeichnet ist. Dann landete ich in den Armen eines Rotchinesen, der sich höflich lächelnd zu verbeugen versuchte, dann aber von der nächsten Welle weggeschwemmt wurde. Als ich prustend in einem Wellental hochkam, fing mich ein athletisch gebauter Catchertyp mit den Worten auf:

«Du nix Schwimmer, Towarischtsch?» Da habe ich das Bassin verlassen, denn auf dem Rand saß ein Herr mit präzisem Scheitel und beobachtete mich. Vielleicht war es ein Doppelverdiener, der dem Bundesverfassungsschutz und dem ungarischen Sicherheitsdienst gleichzeitig als Vertrauensmann diente. Was diskrete Überwachung betrifft, ist heute nichts unmöglich.

Am Abend habe ich das Kellerlokal *Matis Prince* aufgesucht, um den Klängen einer der besten Budapester Zigeunerkapellen zu lauschen. Ich liebe Zigeunermusik, weil ich sehr sentimental bin, was kein Leser glauben wird. (Meine Frau glaubt es übrigens auch nicht, aber das ist kein Gegenbeweis.) Der Ober stellte mir eine Flasche mehrbuttigen Tokaiers und eine österreichische Fahne auf den Tisch. Da Zigeunermusik und Tokaier tolerant machen, ließ ich ihn gewähren. Der Wein und die schmelzend gegeigten ungarischen Volksweisen wirkten so stark, daß ich bereit gewesen wäre, für die schöne Ungarin am Tisch gegenüber Kommunist zu werden. (Wenn sie wollte, was nicht ganz sicher war.)

Zu meinem staatspolitischen Wohl brach der Primas die Volksweisen beim Csárdás ab, kam lächelnd an meinen Tisch, ölte den Bogen mit Kolophonium, setzte die Fiedel unter das Kinn, beugte sich zur Flagge herunter und geigte: «Grüß mir die süßen, die reizenden Frauen – im schönen Wien!» Ich wollte es gerne bestellen.

Dann glaubte er, mir eine besondere Freude zu machen mit dem Lied: «Mei Schtulz is, i bin hoalt an echt Weaner Kind ...» Der brave Primas konnte nicht wissen, daß ich aus der sehr steifen Hansestadt Bremen stamme, wo die Zigeunermusik nie so recht Fuß fassen konnte. Als er ausgegeigt hatte, bat ich ihn um eine echte ungarische Volksweise. Darauf schluchzte seine Geige «Oh, mein Papa!». Auch das traf nicht ganz das Richtige, denn mein Vater war Sachse.

Trotzdem drückte ich ihm einen kleinen Ostwährungsschein in die Hand. Die entwürdigenden Zeiten, in denen kapitalistische Ausbeuter dem Primas zum Lohn für seine Musik einen Hundert-Pengö-Schein auf die schweißnasse Stirn klebten, damit er den Bogen nicht absetzte, sind vorbei. Die Musik und das dankende Lächeln sind aber geblieben.

Ich weiß genau, daß ich mit dieser Reportage nichts wie Ärger haben werde. Die Westler werden mir vorwerfen, ich hätte das Wichtigste vergessen, und die Ostler werden dasselbe sagen. Womit beide, wie üblich, etwas ganz Verschiedenes meinen. Was wir Westler an den ungarischen Verhältnissen auszusetzen haben, ist immerhin die Folge weltpolitischer Techtelmechtel. Deshalb möchte ich abschließend den tiefgründigen Satz anführen, den Bremer Mütter einer nicht ohne Folgen gebliebenen Tochter vorzuhalten pflegen:

«Du kannst mir dschah erzählen, was du willst, aber *von* nix *kommt* nix!»

Old Heidelberg, du feine …

O jerum, jerum, jerum,
O quae mutatio rerum
Aus einem Klagelied
für Alte Herren

Was hat Heidelberg so berühmt gemacht, daß alljährlich fast zwei Millionen Touristen aus aller Welt an den Neckar strömen? Sind es die großen Dichter und Denker, die hier gewirkt haben? Ist es die einzigartige Schönheit und die wunderbare landschaftliche Lage dieser Stadt?

Wohl kaum.

Heidelberg verdankt den dicken goldenen Fremdenstrom einem Manne, dessen Denkmal ich vergeblich in der Neckarstadt suchte: Herrn Wilhelm Meyer-Förster. Er verfaßte das Singspiel *Alt-Heidelberg*, ein Meisterwerk verlogener Romantik. (Da habe ich mich eben vertippt, es muß natürlich «verlorener Romantik» heißen. Ich lasse den Tippfehler aber stehen, weil er als Fehlleistung für die Weltruf genießenden Heidelberger Psychiater vielleicht sehr aufschlußreich ist.)

Alt-Heidelberg, das tantiementrächtigste Bühnenstück aller Zeiten, wurde häufiger aufgeführt als die Dramen Goethes, Schillers und Shakespeares zusammengenommen. Es wurde mehrfach mit Riesenerfolg als Film ausgeschlachtet, und auch das Fernsehen ließ das Werk über die Bildschirme flimmern, bis sie feucht beschlugen.

Denn das Stück ist zum Weinen.

Wie jeder gebildete und vor allem jeder halbgebildete Mensch weiß, verliebt sich in dem Singspiel der studierende Fürstensproß Karl-Heinz in Käthchen, die Kellnerin eines Studentenlokals. (Dieses Käthchen ist keinesfalls zu verwechseln mit dem Käthchen aus dem Nachbarort Heilbronn, das dem Heidelberger Käthchen, was den Publikumserfolg anbelangt, nicht das Wasser, geschweige denn das Bier reichen kann.) Auf dem Höhepunkt der Liebesromanze muß der blaublütige Studiosus sein Käthchen verlassen, wegen Todesfalls den väterlichen Thron besteigen und eine ungeliebte, aber ebenbürtige Prinzessin (wegen der Staatsräson, was die Operette staatspolitisch so wertvoll macht) ehelichen. Er kehrt zwar noch einmal heimlich und besuchsweise zu seiner immer noch heißgeliebten Käthi zurück, aber Pflicht und Erbfolge stehen ihm höher als alles andere. Käthi bleibt allein zurück, die Vernunft hat gesiegt. Diesem schönen Schluß verdankt das Stück seine unverwüstliche Aktualität.

Als ich auf dem Heidelberger Karlsplatz vor dem Haus stand, in dem der heftig alternde Goethe eine Romanze mit der sehr jungen Marianne von Willemer erlebte, bekam ich einen sehr harten Schlag ins Kreuz. Und zwar von der vorzeitig aufgestoßenen Tür eines kreischend bremsenden Touristen-Omnibusses. Die Insassen hatten es eilig, denn es handelte sich um eine amerikanische Reisegesellschaft, die «Europa in zehn Tagen» gebucht hatte. Da zählte jede Sekunde. Mit schönheitsdurstigen Kameras und coladurstigen Kehlen quollen unsere Verbündeten aus dem Omnibus. Eine Dame mit einem gewaltigen Blumenarrangement auf dem Kopf stürzte auf mich zu und fragte: «Where ist the house, the student lived in?»

Sie hielt mich für einen Fremdenführer, weil ich keine Kamera umhängen hatte.

Ich versuchte, ihr in brüchigem Englisch klarzumachen, daß hier in Heidelberg in fast jedem Haus Studenten lebten. Sie bestand aber darauf, zu erfahren, in welchem Haus *der* Student lebte. Zu meinem Glück kam jetzt der offizielle Fremdenführer herangetrabt und beruhigte die aufgeregte Gesellschaft: das Haus des «student-prince» Karl-Heinz würde später gezeigt, zunächst ginge es in «seine» Kneipe.

Fast kamen mir die Tränen der Rührung. Da sahen nun diese braven Leute irgendwo drüben in den Staaten das Singspiel *Alt-Heidelberg*, kratzten ihre Dollars zusammen, überflogen einen Ozean, ließen sich von Omnibussen durchschütteln, von der Fremdenindustrie ausnehmen – und alles nur, um das Haus zu sehen, in dem ein Student gewohnt hat, den es nie gab. Da lobe ich mir die Fremdenführer, die nach dem Grundsatz «Der Bedarf wird gedeckt» kurzerhand ein besonders hübsch am Neckar gelegenes, rosa gestrichenes Haus zum Wohnsitz Karl-Heinzens erklärten.

Die Reisegesellschaft stürmte nun nicht etwa das Studentenlokal, wie der Fremdenführer es befohlen hatte, sondern den nebenan befindlichen Friseur. Dieser geschäftstüchtige Haarkünstler war nur hinten Friseur, im Vorderteil seines Ladens, der unmittelbar am Touristenumschlagplatz gelegen war, handelte er mit Andenken. Da gab es alles, was dem Zeitgeschmack entspricht: vom brennenden Schloß in Brandmalerei auf Birkenholz bis zum leeren Weinpokal, der durch einen Farbentrick wie voll aussieht. Der Andenken-Figaro führte allerdings nicht die vielverlangten schwarzsamtenen Sofakissen mit in Leuchtfarben dick aufgemaltem Heidelberger Schloß. Diese Heimzierde gibt es exklusiv nur in den Buden an der Kirche Zum Heiligen Geist.

Nach Deckung des dringendsten Bedarfs an Andenken und Postkarten zog die Reisegesellschaft in das Studentenlokal. Der schwarzverräucherte Raum war mit riesigen Humpen und altgermanischen Trinkhörnern dekoriert. Von der Decke hingen Schilder herunter, die unsere später so prüden Staatsanwälte in ihrer studentischen Jugend, als sie noch Humor hatten, irgendwo abschraubten und entwendeten. Da hingen die Original-Emaille-Schilder «Corset-Spezialitäten Caroline Puff, Vorführung ohne Kaufzwang», «Becken bitte sauberhalten», «Pariser Neuwäscherei» und viele andere, deren Hintergründigkeit noch weniger zu wünschen übrigließ.

Die Wände waren mit vergilbten Fotos gepflastert, die alle das gleiche darstellten: humpenschwenkende Gruppen von Korpsstudenten, deren Gesichter in vorbildlicher Weise den berühmten Bier-Ernst zur Schau trugen. Unter den Bildern standen Jahreszahlen aus der Zeit um die Jahrhundertwende. Da saß unsere damalige Zukunft. Und so wurde sie dann auch. (Das soll kein Vorwurf sein, denn es geht uns ja glänzend.)

Hier wurde einst hinter Butzenscheiben eine Saufkultur gepflegt, die aus unerfindlichen Gründen (oder aus Unfähigkeit) kein anderes Volk der Welt nachmachte. Wieviel stilles Heldentum sahen diese Wände, zwischen denen sich die Blüte der Nation mit ungezählten Litern deutschen Bieres für die wichtigste Aufgabe des Staatsbürgers trainierte: alles, was von oben kommt, ohne mit der Wimper zu zucken, runterzuschlucken.

Ich fragte die Kellnerin, wo die heutigen Studenten ihre Kneipen abhielten, denn im Lokal sah ich nur Touristen. Während sie Mineralwasser und Cola für die amerikanische Reisegesellschaft servierte, teilte mir die legitime Nachfolgerin Käthis mit: die normalen (sic!) Studenten seien in die Espressos und Milchbars abgewandert, und die Korpsstudenten befänden sich in geschlossenen Häusern. Das beruhigte mich sehr.

Am Nebentisch saß ein freundlicher alter Amerikaner. Er verriet mir, daß Heidelberg sein unbeschädigtes Hervorgehen aus dem letzten bzw. vorigen Kriege wahrscheinlich nur dem Singspiel *Alt-Heidelberg* zu verdanken habe. Dieses Werk sei drüben so populär, daß kein amerikanischer Pilot es mit seinem Gewissen hätte vereinbaren können, über Heidelberg eine Bombe abzuwerfen.

Da kann man jeder größeren Stadt nur raten, sich rechtzeitig eine Erfolgs-Operette auf den Leib schreiben zu lassen.

Der nette alte Herr bat mich dann, ihm Sinn und Zweck der schlagenden Verbindungen zu erklären, denn der erzieherische Wert sei ihm rätselhaft. In Amerika hätten selbst die hervorragendsten Wissenschaftler keine Schmisse.

Ich setzte ihm nach bestem Wissen und Gewissen auseinander, daß die Schmisse eine für alle sichtbare Ehre darstellen, denn was nützt die schönste Ehre, wenn sie keiner sehen kann. Vor allem aber sollen die Schmisse beweisen, daß der stolze Besitzer Mutproben abgelegt hat, wenn auch nur auf dem Paukboden. Denn im späteren Leben sind für die meisten dieser Herren Mutproben unmöglich, weil sie fast immer finanzielle Nachteile oder sogar Laufbahnbehinderungen mit sich bringen.

Nirgends kann man seinen Mut so ungefährlich abreagieren wie bei der Mensur, wo man sich nichts weiter holen kann als ein erstrebenswertes lebenslängliches Ehrenmal auf der Backe.

Das leuchtete dem Amerikaner ein, wenn er auch den Kopf schüttelte.

Auf dem Weg zum Schloß kam ich am Haus einer schlagenden Verbindung vorbei. Es war eine Villa aus der Zeit um die Jahrhundertwende. Ich habe selten ein Bauwerk gesehen, das so haarscharf in allen Einzelheiten seinem Verwendungszweck entsprach: Pseudo-Gotik, schiefe Stucksymbole, Butzenscheiben, durch die kaum Licht nach innen drang, auf dem Schornstein als Wetterfahne ein Ritter, der sich nach dem Winde drehte, und an der Stirnseite ein riesiger, heraldischer Vogel. Die Straße, die zu diesem Hause führte, hatte den bezeichnenden Namen «Oberer fauler Pelz», womit wohl auf die Stellungen angespielt werden sollte, die den Insassen der Verbindungshäuser für später mit Sicherheit offenstanden.

Ich stieg weiter bergan. Natürlich hätte ich auch die Bergbahn benutzen können, aber das stundenlange Schlangestehen an der Talstation schreckte mich ab. Die Bahn ist in der Hochsaison dem Ansturm nicht mehr gewachsen. Deshalb tragen sich einige Heidelberger Fremdenindustrielle bereits mit dem Gedanken, die nicht abreißende Besucherkette mittels einer riesigen Rolltreppe von der Talstation aus ins hochgelegene Kulturdenkmal hineinzubaggern.

Am Eingang zum Schloßpark befand sich ein Pavillon mit der Aufschrift «Funkführung». Dort konnte man gegen geringe Gebühr einen Kleinstempfänger mit Kopfhörer bekommen und sich das Schloß drahtlos erklären lassen. Die Massen strömten uninteressiert an dem Pavillon vorbei, und ich mit. Ferngelenkt ein Schloß zu besichtigen, hielt ich für entwürdigend, sollte aber bald eines Besseren belehrt werden.

Im Schloßhof brachte ein lizenzierter Fremdenführer mit zackigen Kommandos Ordnung in die bisher führerlose Menge. Ich schloß mich an, um das urdeutsche Bauwerk in der Sprache der Dichter und Denker erklärt zu bekommen. Und das bekam ich auch.

Ich habe einige Sätze des Führers wortwörtlich mitgeschrieben.

«Mit dieser Kanone konnte man pro Stunde drei Eisenkugeln verschießen. Die waren gar nicht so ungefährlich, denn die Feinde haben sich über diese Kugeln oft einen Bruch gelacht und sind daran gestorben, denn Brüche konnte man damals noch nicht operieren.»

Dieser feine, hintergründige Humor brachte die Zuhörer zum Schmunzeln. Aber es kam noch besser:

«Diese Galerie ließ der Kurfürst bauen, damit ihm seine Frau nicht feucht wurde, wenn sie ins Theater wollte!»

Die Herren lachten laut, die Damen etwas gequält. Darauf spendete der Cicerone als Trost für die weiblichen Zuhörer die hübsche Bemerkung:

«Der Prinzgemahl, den Sie auf diesem Bild sehen, war nur ein Anhängsel, so wie heute Prinz Philip und viele andere Ehemänner!»

Jetzt lachten alle Damen laut, die Herren etwas gequält. Aber nun kam der Fremdenführer zu seinem Lieblingsthema, das er bis zum Schluß der Führung nur selten verließ: zum Saufen.

«Der Kurfürst lebte hundertprozentig regelmäßig: Er war jeden Abend besoffen, und mit ihm der ganze Hofstaat. Man mußte soviel saufen, weil die Bauern ihre Steuern in Form von Wein bezahlten. Man soff also schon damals aus steuertechnischen Gründen.»

Die Fröhlichkeit war allgemein. Die versteckte Parallele zur heutigen Zeit mit den von der Steuer absetzbaren Bewirtungsspesen war ja auch zu lustig.

Und dann standen wir vor einem sehr schönen Bild.

«Das hier ist Liselotte von der Pfalz. Sie war so dick, daß sie alle Spiegel entfernen ließ, um sich nicht mehr zu sehen.»

Das war natürlich ein ganz großer Lacherfolg. Hier hätte der humorvolle Führer eigentlich erwähnen können, daß diese Liselotte eine der charmantesten Frauen der Weltgeschichte war und als erste ein klares Deutsch ohne verlogenes Pathos schrieb. Aber wen interessiert das schon. Der Schloßführer war nur auf sichere Lacher aus. Wer ihn hörte, konnte sich ungefähr vorstellen, wie ein von der Industrie bezahltes, auf reinen Publikumserfolg zugeschnittenes Fernsehprogramm aussehen würde.

Der naßforsche Tonfall dieses Mannes kam mir bekannt vor. Wo hatte ich den schon mal gehört? Die Erinnerung und einiges andere kam mir schlagartig hoch, als der Führer mit dem Schlüsselbund wie mit einem Portepee spielte und mit hinterhältiger Feldwebelfreundlichkeit einige Besucher anschnarrte, die sich am Rande der Gruppe unterhielten: «Reden Sie ruhig etwas lauter, damit wir alle was davon haben!» Da wußte ich es: Instruktionsstunde beim Kommiß. Auch damals formte der unterrichtende Unteroffizier weisungsgemäß seine Sätze nach dem geistigen Fassungsvermögen des größten Idioten unter den Anwesenden, der er meistens selber war.

Nach der ersten Hälfte der Führung wurde die Besucherherde in den Schloßhof geführt und gebeten, sich auf dem dortigen dreistufigen Podium aufzubauen. Alle glaubten, jetzt würde die gegenüberliegende Fassade erklärt. Aber da kam schon der Schloßfotograf, um das Gruppenbild aufzunehmen. An dieser Stelle arbeiten sich nämlich Führer und Lichtbildner geschickt in die Hände. Man kann das fertige Foto bereits eine halbe Stunde später bei Schluß der Führung unverbindlich ansehen und verbindlich kaufen.

Höhepunkt der Schloßbesichtigung: das Heidelberger Faß

Bei Abholung des Fotos habe ich den Meister der scharfen Linse gefragt, wie er vorher die Anzahl der Abzüge einschätzt, um nicht auf allzu vielen unverkauften Fotos sitzenzubleiben. Immerhin handelt es sich bei jeder Gruppe um etwa fünfzig Leute. Er verriet mir: «Ich sehe mir die Gesichter der Leute genau an. Dann weiß ich sofort auf ein oder zwei Bilder genau, wie viele sichere Abnehmer dabei sind. Bei manchen Gruppen mache ich nur zehn Abzüge, bei anderen fünfzig. Getäuscht habe ich mich noch nie.»

Diesem Mann würde ich ohne Bedenken den Heidelberger Lehrstuhl für angewandte Psychologie anvertrauen.

Während des zweiten Teils der Führung war nur noch vom Saufen die Rede, um den aufnahmefreudigen Geist der Schloßbesucher auf den Höhepunkt der Schloßbesichtigung vorzubereiten: das Heidelberger Faß.

Auf Anraten des Fremdenführers zieht eine nichtsahnende Besucherin einen Griff an Zwerg Perkeos Spieluhr. Unter lautem Gebimmel springt ein Fuchsschwanz heraus und wedelt dem erschreckten Gast durchs Gesicht. Kein Fuchsschwanz der Welt hat durch Jahrhunderte hindurch so vielen Menschen Freude gemacht. Leider wird er in jeder Saison von pietätlosen Andenkenjägern abgeschnitten und gestohlen. Aber die aufmerksame Schloßverwaltung sorgt immer sofort für Ersatz dieses urdeutschen Kulturgutes.

Das Schlußwort der Führung sprach der Sauf-Historiker an einem Engpaß, durch den höchstens zwei Leute gleichzeitig entweichen konnten. Es lautete: «Ich hoffe, daß Sie zufrieden waren und Ihren Fremdenführer nicht vergessen!» Dabei winkelte er diskret vom senkrecht herunterhängenden Arm die Hand nach vorne ab.

Ich habe den Fremdenführer nicht vergessen, wie diese Zeilen beweisen.

Ich ging zum Haupteingang zurück und ließ mir von der Funkführung nun doch einen Empfänger mit Kopfhörer geben. Ich zog das Ding über die Ohren, Barockmusik rauschte auf. Von den Leuten um mich herum sah ich nur noch die Mundbewegungen, eine Erinnerung an die Stummfilmzeit. Die Musik im Kopfhörer wurde leiser, und eine freundliche Stimme forderte mich auf, durch das Tor zu gehen und dort stehenzubleiben. Ferngelenkt gehorchte ich und wurde wieder mit klassischer Musik und einer Erklärung des Schlosses in anständigem Deutsch belohnt, allerdings ohne Lacheffekte.

Auf langer Welle wurde ich in den Schloßhof dirigiert, wo unheimliches Gedränge herrschte. Ich war der einzige Gast mit Kopfhörer, die Umstehenden hielten mich für einen bedauernswerten Gehörkranken. Die Leute konnten nicht ahnen, daß in diesem Moment drahtlos die Stimme des längst verstorbenen Heinrich George in mein Ohr übertragen wurde. Er rezitierte den Götz von Berlichingen, der in diesem Hof so manches Mal aufgeführt wurde. Hätte die Funkführung am Schloßeingang ein Plakat ausgehängt mit dem Werbetext: «Über unsere Apparate hören Sie die Stimme Götz

Wenn sich auf dem Plattenteller das Lied «Ich hab mein Herz in Heidelberg verloren» dreht, wenn die Wirtin auf dem an die Wand gemalten Neckar Wunderkerzen entzündet und die rückwärtige Schloßbeleuch-

tung einschaltet, strömt die berühmte deutsche Innigkeit durch den Raum, und Romantik kommt hoch. Aus manchem gerührten Auge quillt eine Träne und aus allen Kehlen das schöne Heidelberg-Lied.

von Berlichingens mit ungekürztem Zitat!», wären alle Kopfhörer im Nu vergriffen. Als ich das Gerät nach beendeter Führung wieder abgab, war ich (ganz gegen meine ursprüngliche Absicht) zu der Überzeugung gelangt, daß hier etwas als Fortschritt Deklariertes wirklich ein Fortschritt war.

Ich habe dann noch ungeführt das «Deutsche Apotheken-Museum» besucht, zu dem ein unauffälliger Eingang unter der Schloßtreppe führt. Hier waren die Original-Einrichtungen von Apotheken vergangener Jahrhunderte zu sehen, und hier fand ich endlich die echte Romantik. Auf den Regalen standen in wunderhübschen, handbemalten Behältern die Grundstoffe der Pharmazeutik: Links fing es mit der heilsamen Kamille an, rechts hörte es mit dem noch wirksameren Vitriol auf. Da gab es Hirnschalenpulver, also im Mörser kleingestoßene Hirnschale, ein mittelalterliches Mittel gegen Kopfschmerzen.

Aber auch ein amerikanisches Pfeilgift und Menschenfett, dem man damals schmerzstillende und stärkende Wirkung zuschrieb. Die praktischen Anwendungsmöglichkeiten vieler Gifte konnte man in ehrwürdigen Folianten nachlesen.

Nur drei Besucher von den etwa tausend Touristen, die sich an diesem Tage durch das Heidelberger Schloß wälzten, hatten den Weg hier hinein nicht gescheut. Der Andrang zum Apotheken-Museum wäre natürlich ganz anders, wenn es hier ein blutgetränktes Original-Mensur-Pflaster Karl-Heinzens zu besichtigen gäbe.

Als ich beim Verlassen dieser einzigartigen Sammlung wieder in das Menschengewimmel auf dem Schloßplatz geriet, war ich versucht, der guten alten Apotheke nachzutrauern. Denn seit die Apotheker die Mittelchen nicht mehr selber mischen und eigentlich nur noch akademisch gebildete Schubladenaufzieher sind, nimmt die Erdbevölkerung beängstigend zu.

Am Abend besuchte ich eine berühmte kleine Kneipe am Ufer des Neckars, den *Binsenbub*. Das Lokal befindet sich in dem Hause, das einst der Binsenhändler Christoph Bender bewohnte. Er verkaufte den Studenten Binsen zum Reinigen der damals üblichen langen Pfeifen. Dieser Christoph Bender galt laut Stadtchronik «als Urbild geistiger Beschränktheit, denn er stellte sich dümmer, als er wirklich war». Er lief durch die Gassen und pries seine Waren mit dem Vers an:

Binsen, meine Herren,
abscheulich lang,
niederträchtig frisch,
impertinent wohlfeil!

Gegen manches, was uns die heutige Werbung zumutet, war das ein geradezu geistvoller Slogan. Benders philosophische, beim Binsenverkauf immer wiederholte Äußerung: «Es ist, wie's ist!» brachte allen Redensarten dieser Art die heute noch übliche Bezeichnung «Binsenwahrheit» ein.

Aber nicht, um das Andenken Christoph Benders zu ehren, besuchen die Leute den *Binsenbub*. Die große Attraktion dieser kleinen Kneipe ist die allabendlich in der Gaststube stattfindende Schloßbeleuchtung mit Musik und Monumentalfeuerwerk, die bei jedem Wetter stattfinden kann, denn das Schloß ist über der Theke auf die Wand gemalt.

Als das Lokal genügend besetzt war und der Ober alle Bestellungen ausgeführt hatte, betätigte die Wirtin eine ganze Reihe von Schaltern, die neben dem Bierhahn angebracht waren. Die Deckenbeleuchtung verlosch, das Heidelberg-Lied dröhnte aus dem Lautsprecher, und nun flammte an dem gemalten Schloß eine bengalische Beleuchtung auf. Gleichzeitig fuhr an der linken Lokalwand bimmelnd eine Bergbahn hoch, während rechts eine stark verkleinerte Heidelberger Straßenbahn auf dem Sims entlangschepperte. Und dann kam das Monumental-Feuerwerk: Über dem (ebenfalls in übernatürlichen Farben gemalten) Neckar hängte die Wirtin Wunderkerzen auf und entzündete sie. Es war überwältigend. Die Binsenwahrheit, daß eine Verkleinerung natürliche Größe bekommt, wenn man nahe genug herangeht, wurde hier wieder unter Beweis gestellt. Alle Gäste sangen aus voller Kehle und Brust, hin und wieder kreischte im Halbdunkel ein weiblicher Gast, weil die Wirtin von der Theke aus an dünnen Fäden riesige Spinnen von der Decke herunterließ.

Als es wieder hell wurde, bot der Ober selbstgefertigte Postkarten mit aufgeklebtem Original-Heidelberger-Schloß-Efeublatt zum Kauf an. Die Echtheit der Efeublätter wurde durch einen aufgedruckten roten Stempel bestätigt.

Württembergischen Weines voll bummelte ich durch die nächtlichen Gassen, die voller Romantik sind, wenn die Andenkenbuden geschlossen und die Touristen in den Lokalen sind. Aus allen Kneipen drang die laut gesungene Frage nach dem Verbleib der alten Burschenherrlichkeit.

Diese Frage kann ich leider nicht beantworten.

Ich spielte mit Soraya

«Das winterliche Reizklima ist ein wahrer Jungbrunnen für den überarbeiteten Großstädter!»
Aus einem Prospekt des Verkehrsvereins von Kitzbühel

«Wir sehen uns sicher in Kitz!»

Diese Abschiedsformel ersetzt ab Ende November bei den wirklich feinen Leuten die Redensart «Ich rufe an!», mit der man sonst auseinanderzugehen pflegte.

Schon die alten Römer wußten das Reizklima Kitzbühels zu schätzen. Sie errichteten an diesem herrlichen Fleckchen Tiroler Erde eine Garnison, die sie «HOEDI-COLLIS» nannten, «Hügel der Hoedi», also der Bergziegen. Damit waren aber nicht etwa weibliche Skiläuferinnen gemeint.

Der Ausdruck «Kitz mich am Bühel», den man häufig an den Skipisten hört, ist eine moderne Sprachschöpfung, die man je nach Temperament und Situation verschieden auslegen kann.

Weshalb fährt «man» nach Kitzbühel? Sehr viele fahren hin, um abzufahren, also wegen der idealen Abfahrten. Die meisten kommen aber, um an diesem Treffpunkt der Elite gesehen und damit selber zur Elite zu werden. Was mich betrifft, wurde ich in Kitzbühel innerhalb einer Woche mehrfach gesehen von: dem Filmstar Kirk Douglas, dem Fürsten Esterházy, dem Kaffeekönig Julius Meinl, dem persischen Prinzen Chosrow Gashgai, dem Fürsten Windisch-Grätz und vor allem von Ihrer Hoheit Prinzessin Soraya.

Als ich am späten Nachmittag in Kitzbühel ankam, mußte ich mir zunächst ein Zimmer suchen. Vor einem sehr eleganten Hotel stand dieses Schild:

PARKEN VERBOTEN!
HOTELGÄSTE AUSGENOMMEN!

Die Vollzugsmeldung unter dem Verbot bewies, wie ehrlich man in Kitzbühel ist.

Trotz der Ankündigung, daß die Gäste bereits ausgenommen seien, war das Hotel bis auf das letzte Bett besetzt.

Ich suchte weiter, aber vergeblich.

Da gab mir ein Einheimischer den Rat: «Fragen Sie mal im Krankenhaus nach, in welchen Hotels die heute eingelieferten Knochenbrüche vor ihrem Ski-Unfall wohnten! Auf diese Art wird jeden Tag was frei!»

Der Tip war großartig. Eine Viertelstunde später konnte ich das verwaiste Hotelzimmer eines frisch Eingegipsten beziehen.

Es dunkelte bereits, als ich meinen ersten Bummel durch Kitzbühels Reizklima machte. Der ländliche Duft zufriedener Kühe, der eigentlich zu einem Winterkurort gehört, fehlte völlig. Die Luft war angereichert von teuren Parfums, und viele Passanten stanken vor Geld. Luxusautos schoben sich durch ein Gedränge von Pelzen und Pudeln. Die feinen Hunde trugen bezaubernde, maßgearbeitete Mäntelchen, teils einreihig, teils zweireihig geknöpft. Am Halsband hingen kleine Portemonnaies, in denen sich wahrscheinlich etwas

Kleingeld für Naschwerk befand und eine goldene Hundemarke.

Alle Leute beobachteten sich gegenseitig scharf, damit ihnen kein Prominenter entging. Neuankömmlinge stauten sich ehrfürchtig vor dem Andenkenladen Toni Sailers, in dem es unter anderem auch sehr frivole Postkarten gab.

An den Gasthäusern lockten grellbunte Plakate die Après-Ski-Sportler zum Fünf-Uhr-Tanztee. An der *Goldenen Gams* versprach ein Schild «Stimmung im vollen Saisonumfang!». Ich habe lange darüber nachgedacht, was «Saisonumfangsstimmung» sein könnte. Am Eingang des Lokals hingen als anlockende Dekoration zwei kupferne Antiquitäten: Von innen erleuchtete Bettwärmpfannen.

Schräg gegenüber, in der berühmten *Tenne*, drängten sich an der Garderobe Skihasen aller Gewichtsklassen und viele alte Füchse, denen jede Gans recht war. Die *Tenne* ist eine Art Scheune. Früher wurde hier Milchwirtschaft betrieben, jetzt rahmt man bei heißer Musik die Fremden ab.

Das Lokal war gesteckt voll. Ein hektisch zuckender, kochender Menschenbrei tanzte, als sei die Tanzfläche mit glühenden Kohlen bedeckt. Reserviert waren nur einige Engländer und alle Tische. Schließlich entdeckte ich an der Bar einen freien Hocker, aber bei näherem Hinsehen stand auch da ein Schild «Reserviert». Doch ich hatte Glück. Der Barmann nahm das Schild weg und sagte: «Hier ist frei geworden! Der Herr, der sich den Platz reservieren ließ, hat sich vorhin auf der Bichl et-

Es ist noch gar nicht so lange her, daß sich Gänse, Hühner, Schweine und Rindviecher in Kitzbühels Gassen tummelten. Heute gibt sich hier die elegante Welt ein Stelldichein, um sich in diskreter Vornehmheit dem Après-Ski-Sport zu widmen.

was gebrochen!» (Die «Bichl» ist eine beliebte Kitzbüheler Abfahrtsstrecke.)

Auf dem Hocker sitzend, lauschte ich den sehr laut geführten Gesprächen der umsitzenden Playboys und Herren. Schon nach kurzer Zeit wurde mir klar, daß hier auf engstem Raum die tüchtigsten Männer des Kontinents versammelt waren: Jeder wußte alles ganz genau, jeder kannte die einzig richtige Lösung für alle

Probleme, ob es sich nun um Politik, Autounfälle oder Verkehr im weiteren Sinne handelte.

Wie schön könnte unsere leidgeprüfte, ständig am Abgrund herumtorkelnde Welt aussehen, wenn man die Leute, die in Kitzbühel an den Bars herumsitzen, an die Macht ließe!

Ich drehte mich um. Zwei dunkle Augen sahen mich an:

Soraya!

Ich weiß, daß ich für viele Leser jetzt gar nicht ausführlich genug werden kann. Ich muß aber auch auf die bedauernswerten Leser Rücksicht nehmen, denen Soraya völlig Wurscht ist.

Also: Soraya trug ein blaßblaues Kleid, saß mit ihrer Gesellschafterin an einem kleinen Tisch mit rotkariertem Deckchen und trank einen Cocktail.

Nach kurzem Zögern forderte ich die Frau, die den absoluten Weltrekord im Füllen der Pressespalten hält, zum Tanz auf, in der festen Absicht, diese vom Schicksal so hart angefaßte Prinzessin etwas aufzuheitern.

Der Leser mag es glauben oder nicht – sie gab mir einen Korb. Sah sie mir etwa meine niedere Herkunft an? Beschämt schlich ich zur Bar zurück. Von dort beobachtete ich dann, wie ein schöner junger und blonder Hüne auf Sorayas Tisch zusteuerte, sich verbeugte und ebenfalls einen Korb bekam. Er ließ sich aber nicht abweisen, sondern stützte seine Arme auf den Tisch und redete fröhlich auf Ihre Hoheit ein. Soraya wurde eisig. Der schöne Mann zuckte schließlich resignierend mit den Schultern und kam an die Bar. Er wußte gar nicht, wen er da aufgefordert hatte, denn er kam aus Schweden, wo die Presse den Soraya-Kult nicht übermäßig pflegt, weil man dort ein eigenes Königshaus hat.

Der Barmann verriet mir, daß Soraya nie mit Fremden tanzt. Nicht einmal mit Skilehrern, und das will in Kitzbühel etwas heißen. Die «Roten Teufel von Kitz», wie man die Pistengötter wegen ihrer leuchtend roten Pullover nennt, haben einen weltweiten Ruf als Don Juans.

Neben mir an der Bar saß ein genauer Kenner der Kitzbüheler Intimsphären und Verhältnisse. Auf dem Klatschspaltengebiet war er bestens informiert.

«Sehen Sie dort den blutjungen Skilehrer, der mit der überreifen Dame in goldener Hose tanzt? Den hat im vorigen Jahr eine schwerreiche Amerikanerin als Privatlehrer mit nach drüben genommen. Er kam vor wenigen Wochen zurück, mit einem Haufen Dollars und einem riesigen Sportwagen! Und sehen Sie sich mal den Jüngling da drüben an ...»

In die Tür kam ein etwa zwanzigjähriger Skilehrer und führte liebevoll seine Mutter an einen reservierten Tisch. Es war aber gar nicht seine Mutter, sondern (wie ich von meinem Hocker-Nachbarn erfuhr) seine rechtmäßig angetraute Gattin, eine wohlhabende Amerikanerin. Ihr Geld erlaubt dem jungen Ehemann, sich im Winter dem Skisport und im Sommer dem Golfspiel zu widmen. Da kann man nur sagen: Welch ein Sportsmann!

Der Nachbar erzählte mir dann noch die Sepp-Wurzenrainer-Story, die aus unerklärlichen Gründen bis heute nicht verfilmt wurde: Vor einigen Jahren verliebte sich die bildhübsche Tochter eines Chicagoer Büchsenfleischkönigs beim Wintersport in den roten Teufel Sepp Wurzenrainer. Sie heiratete ihn gegen den Willen ihrer Eltern. Der Sommer kam, und das, was sie an ihrem Sepp am meisten bewunderte, nämlich das Skilaufen, fiel weg. Wenig später fuhr die enttäuschte Tochter aus bestem Chicagoer Hause mit einem kleinen, aber ohne den großen Sepp Wurzenrainer zurück zu den heimischen Fleischbüchsen. Sepp fuhr ihr nach und wurde nicht nur vom Vater, sondern auch von der Tochter rausgeschmissen. Traurig kehrte er heim. Eine Tiroler Tragödie.

Heiter ist dagegen die Geschichte vom Widmoser-Franzl. Dieser skilehrende Gemüsehändler wurde und (was noch wichtiger ist) blieb der Favorit einer viele Pfund (Sterling) schweren Engländerin und trägt heute seinen Spitznamen «Lord Vegetable», also «Lord Gemüse», mit echt britischer Gelassenheit und Würde.

Die prickelnde Reihe solcher Geschichten ließe sich beliebig verlängern. Immer waren es – welch ein Zufall! – sehr reiche Damen, die im Kitzbüheler Reizklima den roten Teufeln verfielen.

Der unbefangene Zuhörer dieser Geschichten könnte zu der Überzeugung kommen, daß Kitzbühel auf finanzstarke Damen dieselbe Anziehungskraft ausübt wie Paris auf die Männerwelt. Man kann ohne Übertreibung sagen, daß die Fäden der Kitzbüheler Skilehrer um die ganze Welt gehen.

Und was sagen die Kitzbüheler Frauen dazu? Ich

fragte eine sehr appetitliche Kellnerin, was sie von den einheimischen Männern dächte. «Ja mei», seufzte sie, «ich würde niemals einen Skilehrer heiraten. Den hat man nur in der toten Saison!»

Bevor ich die *Tenne* verließ, hörte ich noch eine sehr boshafte Bezeichnung für den Skilehrerklub: Bei den Damen abgeblitzte Neider nennen die roten Teufel den «Callboy-Ring». Das finde ich hinterhältig und übertrieben, denn die wenigsten Skilehrer haben Telefon.

Im Hinausgehen warf ich noch einen Blick auf die frühere Mitinhaberin des Pfauenthrons. Soraya saß mit ihrer Gesellschaftsdame noch immer auf demselben Fleck und sah verträumt ins Leere, was bei der Überfüllung des Lokals eine ungemein starke geistige Anstrengung erforderte.

Nach dem Abendessen ging ich in den Gasthof *Zum Goldenen Greif*. Der Name dieses Etablissements ist das einzige, was in Kitzbühel bescheiden ist. Früher war der Gasthof eine einfache Bauernschenke mit Ausspann. Heute ist er das feudalste Hotel am Platze mit allen Ausspannungsmöglichkeiten, die ein anspruchsvoller Gast in der majestätischen Bergwelt verlangen kann: Zwei Bars, eine Keller-Weinstube, ein Restaurant, ein Grillroom und ein Spielcasino befinden sich hinter der unverändert gebliebenen Fassade mit dem alten, schmiedeeisernen Wirtshausschild. Die besseren Zimmer liegen nach hinten raus, weil der Blick aus den

Vorderzimmern auf eine graue Fassade mit der deprimierenden Inschrift FINANZAMT fällt.

Als ich die kleine, schummrige Bar unten in der Hotelhalle betrat, glaubte ich, meinen Augen nicht trauen

Nirgends in Europa findet man im Winter so viele bekannte Gesichter wie auf den Barhockern der Kitzbüheler Nachtlokale.

zu dürfen: Auf den Barhockern saßen zwei von der Taille abwärts splitternackte Damen, was sogar für Kitzbüheler Reizklima-Verhältnisse überraschend war. Erst bei näherem Hinsehen merkte ich, daß die Skihasen hautenge, fleischfarbene Stretch-Hosen trugen.

Die elegante *Sportklause* im ersten Stock war bummvoll. Zwei Zitherspieler machten Atmosphäre. (So nennt man in feinen Kreisen das, was im niederen Volk als «Stimmung» bezeichnet wird.)

In einer Ecke saß bei Kerzenschimmer Soraya mit ihrer Mutter, der Fürstin Esfandiary, die genauso aussah wie auf den Illustriertenfotos, womit ich keinesfalls etwas Böses gesagt haben möchte. Soraya sah mich an, stand auf, kam auf mich zu und – ging vorüber. Ihre Mutter folgte ihr auf dem Fuße und zwinkerte mir zu meinem großen Erstaunen zu. Sollte sich doch noch eine Romanze anbahnen? Der Ober führte mich an den frei gewordenen Tisch, ich setzte mich und erschauerte: Das Sitzkissen barg noch einen kleinen Rest von Sorayas Körperwärme. Millionen von Illustriertenlesern werden mich um dieses Erlebnis beneiden.

Am Nebentisch saßen einige «Aristoten», wie man in Kitzbühel die Abkömmlinge alter Adelsgeschlechter nennt. Ein Herr sagte mit schnarrender Stimme und Seitenblick zu mir: «Wirklich gute Leute kommen kaum noch her ...» (Er meinte «gut» natürlich nur in bankmäßigem Sinne.) «... die gehen nach Zürs, weil es da keine billigen Privatbetten gibt!» Darauf seine Nachbarin mit sechsfacher Perlenkette: «Hier laufen schon Leute herum, die kommen mit nur einem Koffer! Das ist ja schon ... also wie soll ich sagen ... also das ist ja schon der reinste ... Sozialtourismus!» Bei diesem Wort, das fast so schlimm klang wie «Kommunismus», spiegelte sich nacktes Entsetzen in den Augen der Umsitzenden.

Daraufhin trank ich einen großen Wodka und ging hinauf ins Spielcasino. Im mit dicken Teppichen ausgelegten Vorraum waren amerikanische Spielautomaten aufgestellt. An einem von ihnen spielte Soraya. Als ich den danebenstehenden Automaten in Betrieb setzte, lächelte sie mir huldvoll zu.

Ich verlor mein Geld an den Automaten, hatte aber den publikumswirksamen Titel für meine Reportage: Ich spielte wirklich mit Soraya.

Sie steckte unermüdlich hinein, aber es kam nichts heraus. Hinter ihr stand ein Hotelboy mit einem Säckchen voller Fünf-Schilling-Stücke, aus dem sie sich bediente. Als es leer war, ging die Prinzessin in den Spielsaal. Ich wollte ihr folgen, aber ein diskreter Herr von der Spielbankverwaltung hielt mich zurück. Um hineinzukommen, muß man etwas ziemlich klein Gedrucktes unterschreiben. Ich las: «Der Besucher erklärt, sich in geordneten Verhältnissen zu befinden.» Als gewissenhafter Mensch wagte ich kaum, meinen Namen unter diesen Satz zu setzen. Der Herr von der Spielbank beruhigte mein Gewissen und sagte, es sei reine Formsache.

Sorayas Mutter saß am Roulette-Tisch und zwinkerte mir schon wieder zu. Aber jetzt merkte ich endlich, daß es sich um einen kleinen nervösen Tick handelte, der bei den vielen Aufregungen am Rande des Pfauenthrones durchaus verständlich war.

Während ihre Mutter wegen der wahrscheinlich niedrigeren Apanage mit kleineren Einsätzen Roulette spielte, blätterte die verstoßene und unglückliche So-

Wenn nichts dabei herauskommt …

… dann macht nicht einmal das Spielen Spaß. Gute Ergebnisse dagegen machen sogar den Ernst des Lebens erfreulicher.

raya am Bakkarat-Tisch die großen Scheine auf. Ihre Mitspieler waren einige Industrielle und der persische Prinz Chosrow Gashgai. Dieser Prinz bekommt vom Schah bzw. von dessen Steuerzahlern eine jährliche Apanage von einer Viertelmillion Mark unter der Bedingung, daß er sich in Persien nicht sehen läßt. Ich gebe ehrlich zu, daß ich es sogar für die Hälfte täte. Da saßen nun auf engstem Raum eine runde Million persischer Apanage beisammen und spielten mühsam die Zeit tot. Wem trieb dieses traurige Flüchtlingsschicksal nicht das blanke Wasser in die Augen? Mir.

Soraya spielte bis Mitternacht, dann ging sie wieder in die Bar und verteilte Körbe. Punkt ein Uhr begab sie sich mit der Fürstin Esfandiary in ihre Gemächer. Im Vorbeigehen sah sie mir noch einmal tief in die Augen, und ihre Mutter zwinkerte mir zu.

Auf dem Heimweg durch die sternklare Winternacht war die Luft erfüllt von Zitherklang und Tanzmusik. Hier und da sah ich rote Teufel aus Hotels herauskommen oder hineingehen, denn überall wurde getanzt.

Stehvermögen ist das Wichtigste, was man in Kitzbühel braucht. Zweiundeineviertel Stunden mußte ich am nächsten Morgen an der Seilbahn Schlange stehen, als ich auf den Hahnenkamm fahren wollte. Oben angekommen, stellte ich mich auf die Skier, fuhr zwanzig Meter abwärts, machte drei Saltos, humpelte mit einer Sehnenzerrung zur Gondel zurück und fuhr ohne Wartezeit wieder hinunter. Dann besuchte ich noch das

Heimatmuseum, in dem wunderschöne bäuerliche Geräte aus der Zeit gezeigt wurden, als die Kitzbüheler Männer noch nicht auf die Piste gingen.

Am Nachmittag verließ ich humpelnd und voll tiefer Eindrücke vom Leben der «high society» das winterliche Reizklima.

Hunderttausend Zwerge
und ein illustrierter König

Es weihnachtete sehr.

Von Schneeflocken umwirbelt, verschlang der gute «König Frederik» einen kompletten Eisenbahnzug und nahm als Dessert noch ein Dutzend Automobile zu sich. Dann stieß er einen langgezogenen, satten Ton aus und stampfte hinaus in die sturmgepeitschte See. Das klingt wie ein Märchen, ist aber keins. Es handelt sich bei dem «König Frederik» um das Eisenbahnfährschiff der Königlich Dänischen Staatsbahnen.

Bevor der Skandinavien-Express am Kai von Großenbrode in den aufgeklappten Bug hineinfuhr, wurden alle Türen des Zuges von außen verriegelt. Den Bahnreisenden war deutlich anzusehen, daß sie sich beim Hineinfahren in das Fährschiff ernstlich Sorgen um das Funktionieren der Zugbremsen machten. Die Vorstellung, der Express könnte am andern Ende des Dampfers das Heck durchstoßen und mit seinen acht hermetisch verschlossenen Waggons auf dem Grunde des Fehmarnbelts versinken, war außerordentlich beunruhigend.

Es ging aber alles gut.

Die dreistündige Überfahrt nach Dänemark wurde

angenehm verkürzt durch ein fünfzehn Meter langes Büfett, an dessen Kopfende der in Öl angelegte und goldgerahmte König Frederik IX. milde über in Essig eingelegte Heringe hinlächelte. Für einen erstaunlich niedrigen Pauschalpreis konnte man sich von den dargebotenen Köstlichkeiten so viel auf den Teller füllen, wie man wollte. Sogar mehrmals, wenn man wollte.

Die Getränke allerdings wurden einzeln berechnet. Die in vielen Varianten außerordentlich kräftig gewürzten Heringe haben nämlich eine wichtige kulturelle Aufgabe zu erfüllen: Sie sollen Durst machen und dadurch den Absatz einer großen dänischen Brauerei fördern, deren Gewinne restlos einem Fonds für Kunst und Wissenschaft zufließen. Die großen öffentlichen Kunstsammlungen Kopenhagens wurden in emsiger Kleinarbeit von den Dänen und ihren Gästen buchstäblich zusammengesoffen. Der Hering als Kunstmäzen – so etwas gibt es nur im Lande Hans Christian Andersens.

Ich habe nichts auf den Schüsseln unversucht gelassen und mußte anschließend ziemlich viel für Kunst und Wissenschaft tun, um meinen Durst zu löschen.

Am Geldwechselschalter tauschte ich einen bundesrepublikanischen Hundert-Mark-Schein mit dem Bild des ausgekochten Geschäftsmanns Jakob Fugger gegen viele kleine dänische Scheine um. Diese Scheine waren zu meinem Erstaunen mit dem Porträt des sehr geschäftsuntüchtigen Poeten Andersen geschmückt. Welche Notenbank der Welt kann sich erlauben, auf ihre Geldscheine neben die Versicherung, daß dieses Stück

Papier soundso viel wert sei, das Bild eines Märchenerzählers zu setzen? Nur die Königlich Dänische Staatsbank.

Neben dem Schalter hingen sauber gerahmt die Zollvorschriften. Eine davon lautete: «Außereuropäische Reisende im Alter von mehr als sechzehn Jahren können bei der ersten Einreise im Kalendermonat ein Büchlein mit zweihundert Blatt Zigarettenpapier einführen.» Das betraf mich nicht, denn das einzige Büchlein, das ich bei mir hatte, enthielt die Märchen Andersens. Das Buch war eine Leihgabe meiner Tochter. Ich hatte ihr versprechen müssen, später genauestens über die Lebensumstände des dänischen Königs, der Königin und der Prinzessinnen zu berichten.

Meine Tochter ist neun Jahre alt und überzeugte Monarchistin, seit sie Andersens Märchen las. Ihr sehnlichster Wunsch ist, eine Erbse durch neun Matratzen hindurch zu spüren, wie es in dem Märchen von der Prinzessin erzählt wird. Ich möchte ihr in unserer harten Zeit diese Überempfindlichkeit nicht wünschen.

In Gjedser öffnete «König Frederik» die Klappe und spuckte mich samt meinem Auto an Land. Es schneite in dicken Flocken, die Straße war kaum noch zu erkennen. An einer Tankstelle erkundigte ich mich nach dem Weg. Der Tankwart bot mir einen am Armaturenbrett zu befestigenden Autokompaß an, ein Gerät, das überall in Dänemark verkauft wird, was ein verdächtiges Licht auf die skandinavischen Verkehrsverhältnisse im Winter wirft.

Weisungsgemäß steuerte ich drei Strich Nordnordost ins Schneetreiben hinein, und sicher führte mich der Kompaß bis vor das nagelneue, achtzehnstöckige Hotel der skandinavischen Luftlinien in Kopenhagen, das auch Benutzern erdgebundener Verkehrsmittel offensteht, wenn sie genügend kleine Andersens in der Tasche haben.

Als ich ausstieg, traute ich meinen Augen nicht: Durch die wirbelnden Schneeflocken kam Hans Christian Andersen auf mich zu. Hellgrauer Zylinder, hellgrauer Gehrock, weißes Plastron und weiße Handschuhe. Es war der Portier des Märchenhotels. Denn wie soll man sonst ein Hotel bezeichnen, in dem eine Druckluftkabine den Gast innerhalb weniger Sekunden in den 18. Stock schießt, ein Hotel, wo in jedem Zimmer 23 (von mir gezählte) Knöpfe und Schalter gedreht und gedrückt werden können?

Ich habe mich zunächst eine Viertelstunde lang mit der Technik des Zimmers vertraut gemacht, mal hier gedrückt und mal da gedreht. Indirekte Beleuchtungen flammten auf, aus dem Gitter der Klimaanlage kam Musik und durch die Tür ein ganz großes, wunderschönes Zimmermädchen, das sich vergeblich nach meinen Wünschen erkundigte. Schließlich drehte ich an einem Knopf neben dem Fenster, und sofort flammten tief unter mir sämtliche Straßenlaternen Kopenhagens auf. Aber das war ein Zufall, wie ich später merkte.

Mit Andersens Märchen in der Manteltasche bummelte ich durch die weihnachtlich geschmückte Stadt. Bei diesem Spaziergang konnte ich die überraschende Feststellung machen, daß sich das Reich der Zwerge, nach dessen genauer Lage meine Tochter schon oft vergeblich fragte, in Kopenhagen befindet. Und zwar in den Schaufenstern. Nach meinen vorsichtigen Schätzungen waren an die hunderttausend Zwerge als Dekoration tätig. Kleinere Unternehmen hatten Wichtelmänner aller Größen unbeweglich aufgestellt. Die großen Warenhäuser wetteiferten darin, Scharen von Zwergen mit kunstvollen, unsichtbaren Maschinerien verkaufsfördernd zu bewegen.

Ein Kaufhaus in der Westerbrogade hatte ein Dutzend Schaufenster als vereiste und schneebedeckte Segelschiffdecks dekoriert. Auf der Straßenseite hingen Lautsprecher, die pfeifenden Sturm und das Geheul von Schiffssirenen übertrugen. Die Rückwände der Schaufenster bewegten sich gleichmäßig auf und ab. Sie waren mit fotografierten Wellenbergen beklebt. Die Mannschaft der Schiffe bestand aus seetüchtigen Gartenzwergen, in deren wehenden Bärten künstlicher Rauhreif glitzerte. Die Zwerge kämpften mit den entfesselten Naturgewalten und außerdem mit feinster Damenwäsche, die als Weihnachtsgeschenkvorschlag an den vereisten Rahen und Tauen flatterte. Vor den Schaufenstern standen Dänen im Schneegestöber und erwärmten sich am Anblick der hauchdünnen «frivolités».

Bei einem Konkurrenz-Warenhaus an der Nygade ging es bedeutend fröhlicher her. Im Eckschaufenster war ein vollbesetztes Zwergentheater mit Parkett, Rängen und Königsloge aufgebaut.

Dieses Bild ist nicht etwa eine Illustration zu Andersens Märchen, sondern eine in Kopenhagen nach der Natur gezeichnete Szene: Im Schaufenster eines Korbwarengeschäfts probierte eine Kundin das modernste skandinavische Sitzmöbel aus, ein frei schwebendes, an der Zimmerdekke hängendes Korb-Ei. Zwei auf dem Dienstwege befindliche Gardisten guckten ins Fenster. Die Zwerge allerdings waren nicht lebendig, sondern ausgestopft.

Alle drei Minuten rollte hier folgendes Programm ab: Unter den Klängen des neuklassischen Weihnachtsliedes *I'm dreaming of a white Christmas* schob sich eine Königsfamilie in die Loge, und sämtliche Zwerge erhoben sich ehrfurchtsvoll von ihren Plätzen. Dann setzte sich alles, der Zwergenkapellmeister hob den Taktstock, und hektisch fiedelten rotbemützte Wichtelmänner. Der Vorhang hob sich, drei Andersen-Märchen wurden in bunten Bildern gezeigt, der Vorhang fiel, die Königsfamilie drehte sich aus der Loge, das Zwergenpublikum erhob sich wieder von den Plätzen. Das Ganze wurde, wie ich im Laden erfuhr, von einem einzigen Motor über unzählige Strippen und Transmissionen bewegt. Zu meinem Erstaunen drängten sich vor diesem Schaufenster hauptsächlich Erwachsene.

Vor einem Laden am Nikolai-Platz waren dagegen die Kinder in der Mehrzahl. Auch dort wurde eine Unmenge Figuren maschinell angetrieben. Kleine Krieger versuchten, eine von Affen und Giraffen zäh verteidigte Burg zu stürmen. Pausenlos schoben Äffchen kleine Kugeln in Kanonen, andere stießen immer wieder Leitern mit hochkletternden Feinden von der Mauer weg und gossen heißes Pech auf die Köpfe der Gegner. Eine Giraffe schwenkte an einem langen Seil einen Felsbrokken hin und her, der stets ein und denselben armen Krieger an den Schädel traf. Der vorbildliche Streiter hielt automatisch immer wieder den Kopf hin, um den nächsten Schlag entgegenzunehmen. Auf einer kleinen Drehscheibe rotierte mit schmerzverzerrtem Gesicht ununterbrochen ein Krieger, dem ein Pfeil im Allerwertesten steckte. An die hundert Figuren waren in rührender Weise hektisch bemüht, dem weihnachtlichen Motto «Friede auf Erden» mit bewährten Mitteln zum Siege zu verhelfen.

Silberhelles Kinderlachen dankte dem geschickten

Schaufensterdekorateur, der diese weihnachtliche Hymne an die Wehrfreude in liebevoller Kleinarbeit aufgebaut hatte.

Das gesunde Verhältnis der Dänen zum Tode bewies nicht nur diese fröhliche Puppenmetzelei, sondern auch das Schaufenster eines Spezialgeschäfts für Handarbeiten. Da waren handtuchgroße Wandbehänge ausgestellt, auf die fleißige Kinderhände für die lieben Eltern mit bunten Kreuzstichen den Familienstammbaum sticken sollten. Als Anreiz und Muster hing eine solche Genealogie fertig gestickt im Mittelpunkt. Das sah so aus:

Frederik Johansen 1890–1952	Inge Johansen 1900–1959	Mogens Olsen 1875–1952	Signe Olsen 1886–

Jens Johansen 1919–	Kirsten Johansen 1929–

Lene Johansen
1949–
Mogens Johansen
1951–
Inge Johansen
1953–

Da sitzt nun so eine kleine Inge Johansen in der schönen Vorweihnachtszeit und stickt (Ableben freibleibend) mit bunten Fäden die Familienangehörigen auf Stramin. Die Fadenreste verwahrt sie sorgfältig, um bei passender Gelegenheit und traurigem Anlaß zur Wohnzimmerwand zu eilen und die Jahreszahlen zu komplettieren. Daß ich vor diesem Schaufenster etwas kalte Füße bekam, war nicht weiter verwunderlich. Deshalb ging ich in eine über dreihundert Jahre alte Aquavit-Kneipe, in der auch Andersen einst Wärme suchte. Ich zog das Märchenbuch meiner Tochter aus der Tasche und las bei einem doppelten Schnaps die eindrucksvolle Geschichte von dem Mädchen mit den Schwefelhölzern. Nach gründlicher Durchwärmung ging ich wieder hinaus ins Schneetreiben.

In dem windgeschützten Winkel eines vorstehenden Fachwerkhauses wollte ich mir eine Pfeife anzünden. Ob es etwa der Winkel war, in dem einst das arme Mädchen mit den Schwefelhölzern saß? Das war nicht ausgeschlossen.

Beim Aufflammen des Streichholzes erklang hinter mir eine flehende Mädchenstimme. «Bitte Feuer!» Erstaunt drehte ich mich um.

Da stand eine Dame mit einer Zigarre im Mund. Ich zog meine Schwefelhölzchen und gab ihr Feuer. Märchenhaftes Kopenhagen.

Noch märchenhafter war aber der Anblick, der sich an der nächsten Ecke bot: Unter einer Kaffeehausmarkise saßen bei eisigem Nordwind an weißgedeckten Tischen Leute im Freien und tranken Kaffee. Die Kaffeekännchen standen unter dicken Kaffeemützen, und die Beine der Gäste waren in Wolldecken gehüllt.

Die Wetterfestigkeit der Kopenhagener ist nicht verwunderlich, wenn man bedenkt, daß ein sommers und winters nackt auf einem Felsbrocken sitzendes Mädchen das international berühmte Wahrzeichen dieser Stadt ist. Die «Kleine Meerfrau», die am Hafen den ein- und ausfahrenden Schiffen nachblickt, ist das Rückgrat der Kopenhagener Andenkenindustrie. Sie ist das ganze Jahr über in den Schaufenstern so zahlreich vertreten wie die Zwerge zur Weihnachtszeit.

Auf dem Rathausplatz leuchteten von allen Häusern geheimnisvolle Wörter, in denen wie bei Bilderrätseln einzelne Buchstaben durchgestrichen waren. Das einzige dänische Wort, dessen Bedeutung ich schnell begriff, war «pølser», denn es stand an allen fünf Wurstbuden des Platzes. Dieser neugewonnene Sprachschatz half mir, eine riesige Lichtreklame zu verstehen: Zwei aus Neonröhren gebildete Schweinchen, die von ihrer zentnerschweren Mutter ermahnt wurden, sich nur für eine ganz bestimmte dänische Firma verwursten zu lassen. Demnach gibt es also auch bei Schweinen etwas dem menschlichen Nationalgefühl Entsprechendes.

In einem Restaurant am Fischereihafen stellte der Ober wortlos eine Flasche mit der vertrauenerweckenden Inschrift «Aquavit-Fuselfrei» auf den Tisch und überreichte mir eine Liste von etwa einem halben Meter Länge, auf der sechzig «Smörrebrod»-Varianten verzeichnet waren. «Smörrebrod» heißt wörtlich übersetzt «belegtes Brot», wobei in Dänemark allerdings auf bzw. unter hundert Gramm Belag nur etwa zehn Gramm Brot kommen. Die Liste sah aus wie ein Wahlzettel: Neben den Smörrebrod-Vorschlägen befanden sich kleine Kästchen, in denen man die gewünschten Appetithappen ankreuzen mußte. Der Vergleich mit einem Wahlzettel drängte sich auf, weil auch hier völlig ungewiß war, was nachher kam, denn die Liste war in dänischer Sprache abgefaßt. Auf Verdacht machte ich einige Kreuzchen. Der Ober sammelte die Liste ein und brachte wenig später eine reich illustrierte Platte, auf der die eingangs erwähnten dänischen Kunstmäzene, nämlich Heringe, in vielerlei Verkleidung eine beherrschende Stellung einnahmen.

Die Kulturträger traten mir sozusagen in aller Schärfe entgegen, damit ich die schönen Künste durch Biergenuß förderte. Das habe ich auch gründlich getan, nicht ohne hin und wieder der fuselfreien Aquavitflasche zuzusprechen.

Beim Überqueren der Westerbrogade wurde ich beinahe von einer Wurstbude überfahren, die mit fünfzig Stundenkilometern durch die Nacht preschte. Die Kopenhagener Wurstmaxen haben einen Motor unter dem Wurstkessel, der die ganze Bude von einem Wurstbedarfsschwerpunkt zum andern treibt.

Im Hotel ließ ich mich wieder in den 18. Stock schießen und warf noch einen Blick hinunter auf die märchenhafte Stadt, mit der mich die Tatsache verband, daß wir beide festlich illuminiert waren. Am Horizont leuchtete ein riesiges Werk mit vier angestrahlten Schornsteinen. Das war sicher die Fabrik, in der Schaufensterzwerge und Aschenbecher mit der kleinen Meerjungfrau angefertigt wurden.

Ich träumte ziemlich schwer in dieser Nacht. Auf einem ausschließlich mit Gartenzwergen bemannten Eisenbahnfährschiff hatte man mich an den Mastbaum gebunden. Ein Wichtelmann stand auf einer Leiter und riß mir den Mund auf. Ein zweiter Zwerg würzte mit einem Salz- und einem Pfefferstreuer meine brennende Zunge. Dann verlangten sie für eine Flasche Bier sämtliche kleinen Andersens, die noch in meiner Brieftasche waren. Sie begründeten diese Forderung damit, daß sie für die Kopenhagener Glyptothek eine Zeichnung meines Freundes Loriot zum Preise von einer Million Kronen kaufen wollten. Da müßte jeder etwas beisteuern.

Laut aufschreiend erwachte ich und drückte alle erreichbaren Knöpfe. Statt des großen, schönen Zimmermädchens kam ein zwergenhafter Etagenkellner und nahm meine Bierbestellung entgegen.

Am nächsten Morgen wanderte ich kreuz und quer durch die Gassen der Altstadt. Nirgends findet man so viele Antiquitätenläden wie in Alt-Kopenhagen. Von der Milo-Venus bis zur Kuchenform, vom Obstmesser bis zum Ehrensäbel, von der Bowle bis zur Bettwärmpfanne und von der Baßtuba bis zum Hörrohr – es gab nichts im Laufe der vergangenen Jahrhunderte, das es hier nicht gäbe. Wer ein «Pendant» zu irgend etwas sucht – hier findet er es. Wenn es sein muß, auch noch ein Pendant zum Pendant.

In einem der Schaufenster lagen nebeneinander Pfeilspitzen aus der Steinzeit, das Stück zu fünf Kronen, und

Viele Schaufenster in Kopenhagen sind zweigeteilt: Die untere Hälfte gehört den im Keller befindlichen Läden, die obere Hälfte den Geschäften im Hochparterre. Durch diese geschickte Anordnung verläuft bei den Kopenhagener Ehepaaren ein gemeinsamer Schaufensterbummel in voller Harmonie scharfgetrennter Interessen.

ein deutsches Mutterkreuz, das für einen Preis weit unter den damaligen Gestehungskosten zu haben war. Ich habe mir so eine Pfeilspitze gekauft. Vielleicht kann ich damit, wenn die derzeitige Weltpolitik ihre letzten Früchte trägt, ein radioaktives Kaninchen zum Frühstück schießen.

Für die überraschende Tatsache, daß die Antiquitäten in Kopenhagen trotz des guten Geschäftsganges nie alle werden, gibt es zwei Erklärungen: Entweder werden die Gegenstände vornehmlich von älteren Leuten gekauft, deren Erben sie schnellstens wieder an einen Antiquitätenladen verkaufen, oder die Antiquitäten kehren aus eigenem Antrieb heimlich in ihren angestammten Laden zurück. Aus Andersens Märchen wissen wir ja, daß altem Porzellan und verbeulten Teekesseln so etwas zuzutrauen ist.

Am Fischmarkt lauschte ich dem Kreischen der Möwen und der Fischfrauen. Die Stimmlagen ähnelten sich zum Verwechseln, die Fischfrauen kreischen allerdings artikulierter. Diese dickwattierten Damen haben angeblich die schärfsten Zungen der Welt, was wahrscheinlich auf reichlichen Salzheringgenuß zurückzuführen ist. Im Laufe der letzten hundert Jahre soll ihnen, die alle Schimpfwörter zu beherrschen glaubten, nur ein einziges Mal die Spucke weggeblieben sein: als ein Student bei einem Wortgefecht mit mathematischen Fachausdrücken antwortete und die biederen Fischhändlerinnen als Hypotenusen, Parallelogramme und Kathetenquadrate bezeichnete.

So beleidigt waren sie noch nie.

Am Hojbro-Platz stieß ich auf einen schmalbrüstigen Posamentier- und Kurzwarenladen. Ein Jugendstil-Emailleschild wies den Inhaber des Geschäfts als Königlichen Hoflieferanten aus. Zwischen den Schachteln mit Druckknöpfen und Nähgarn hingen die Bilder des Herrscherpaares. Hier also kaufte die Königin den Stopftwist, wenn der König sich ein Loch in die Socken gelaufen hatte. Tief gerührt und meiner monarchistisch

In der Kopenhagener Köbmagergade sah ich in einem Konfektionshaus dieses weihnachtlich gestaltete Schaufenster mit einem der Heiligen Drei Könige und kopflosen Mannequins. Dieser hintergründige Humor ist nur in einem Lande möglich, in dem das Königtum ganz fest verankert ist.

gesinnten Tochter recht gebend, fragte ich nach dem Weg zum Königsschloß. Man sagte mir: «Immer am Hafen entlang, dann liegt es links!»

Das Schloß liegt nicht etwa links, weil Dänemark im Moment eine Monarchie mit sozialistischer Mehrheit ist, sondern weil der König als alter Seemann gerne am Hafen wohnt, wo der Duft der großen weiten Welt nicht nur als Zigarettenreklame ins Haus weht.

Das Königsschloß liegt etwa zehn Meter hinter den

Lagerschuppen. An einem Fenster des ersten Stockwerkes hing ein Futterhäuschen für Vögel, das gerade von einer Prinzessin mit schmackhaften Kernen gefüllt wurde. Vor dem Portal promenierten zwei Gardisten mit übereinandergeschlagenen Armen und unterhielten sich auf dänisch über dieses und jenes. Unter der Achsel trugen sie eine Flinte, an der Hüfte einen Gendarmensäbel und auf dem Rücken eine große Ledertasche, die wahrscheinlich mit Smörrebrod gefüllt war.

Es war wenige Minuten vor zwölf Uhr mittags, da ertönte von ferne das Lied *Auf in den Kampf, Torero!*. Mit dieser zündenden Melodie marschierte die königliche Garde heran, um die Wachen abzulösen. Fünfzig bärenfellbemützte Musiker bliesen den spanischen Marsch bei zwei Grad unter Null und ohne Handschuhe. Die Wachablösung rollte nach einem komplizierten Ritus ab. Die Posten flüsterten sich diskret die Parole ins Ohr, was mich an das Märchen vom tapferen Zinnsoldaten erinnerte, der in höchster Not nicht zu schreien wagte, weil es für einen Soldaten in Uniform nicht passend ist, laut zu schreien.

Freunde, ich war im Märchenland! Eine Kompanie martialisch aussehender Männer in Bärenfellmützen spielte hier Wache. Aber der König, den sie bewachen sollten, fuhr womöglich mit dem Fahrrad hinten aus dem Schloß heraus, um sich in den Tätowierkellern von Nyhaven noch irgendeine freie Stelle an seinem Körper tätowieren zu lassen. Denn der König von Dänemark ist weitgehend bebildert. Ein illustrierter König sozusagen. Vielleicht radelte auch gerade die Königin zu einem ihrer Hoflieferanten. Daß sie selber mit einem Korb einkaufen fährt, ist eine bekannte Tatsache.

Das Königspaar braucht also gar keine Bewachung, denn die Liebe des Volkes ist ihm gewiß. Wozu dann die Wache? Dafür habe ich eine sehr plausible Erklärung gefunden: Die Wache wird von den Farbfilmherstellern unterhalten, denn in der Saison werden täglich Tausende von Farbfilmen auf die Garde verschossen. Ob diese Theorie stimmt, ist nicht erwiesen, ich möchte es aber den dänischen Steuerzahlern wünschen.

Die Leser haben vielleicht vielen geschickt versteckten Anspielungen in meinen früheren Reportagen entnommen, daß ich begeisterter Antimilitarist bin. Aber die Garde des dänischen Königs hat meine ganze Sympathie, weil sie eine Mischung aus Operette und Weihnachtsmärchen ist.

Die Rückfahrt machte ich auf dem deutschen Fährschiff «Theodor Heuss». Das kalte Büfett stand dem dänischen in nichts nach. Der einzige Unterschied war, daß nicht König Frederik IX., sondern der Altbundespräsident, in Öl und goldgerahmt, milde über die in Essig eingelegten Heringe hinlächelte. Es wurde kulturförderndes dänisches Bier ausgeschenkt, und das konnte dem alten Humanisten Heuss nur recht sein. Zu Hause mußte ich meiner Tochter ausführlich vom dänischen König berichten. Leider nahm sie sehr übel, daß ich mir nicht als Weihnachtsgeschenk für sie die Märchen Andersens auf Brust und Rücken tätowieren ließ.

Eine Nacht in Monte Carlo

Das Fürstentum Monaco ist eines der schönsten Fleckchen dieser Erde, denn dort gibt es keine Wehrpflicht und (wahrscheinlich eben deshalb) keine Steuern.

Wegen dieser Vorteile haben außer den statistisch nachgewiesenen 2696 echten Monegassen etwa 18000 Ausländer ihren ständigen Wohnsitz unter den Schirm (im Sinne von Herrschaft) Gracias, geborene Kelly, und Rainiers III. gestellt.

Die wehrfähige männliche monegassische Bevölkerung dient Landesherrn und Landesmutter treuergeben mit der Harke: Sechshundert Croupiers rechen rastlos und schichtweise im Casino das Geld vom Tisch, wobei allerdings ziemlich viel für den nicht immer stillen Teilhaber Onassis abfällt.

Laut farbenprächtigem Prospekt ist Monte Carlo «ein Ort der Ruhe und Erholung für die internationale Elite». Darunter versteht man im heutigen Sprachgebrauch diejenigen Leute, die unsere westliche Freiheit geschickt zu nutzen und in hohe Bankkonten umzusetzen verstehen.

Diese Spielart der «Elite» fand ich in Monte Carlo in überreichem Maße vor, aber von Ruhe konnte gar keine Rede sein: Der «Ort der Erholung» war erfüllt vom Dröhnen der Preßlufthämmer und dem Kreischen der

Betonmischmaschinen. Überall wurde die Kelle geschwungen. Nicht umsonst stammt Ihre Hoheit Fürstin Gracia aus dem Geschlecht der Kellys, das seine Bedeutung dem Baugewerbe verdankt.

Die Quadratmeterpreise schossen in den letzten Jahren sprunghaft in die Höhe, viele internationale Großfirmen verlegten ihren juristischen Verwaltungssitz an den steuerliche Vorteile spendenden Meerbusen. Acht- bis zwölfstöckige Gebäude wuchsen reihenweise aus dem fruchtbaren Felsen, um Steuerflüchtlinge aus aller Herren Ländern aufzunehmen. So leistete auch das kleine Monaco seinen Beitrag zum Weltflüchtlingsjahr.

Auf der Hotelsuche landete ich durch die geschickt umleitende Armbewegung eines Polizisten in der Einfahrt eines luxuriösen Hotelpalastes. (Ich wurde bis heute den Verdacht nicht los, daß der Polizist im Dienste des Hotels stand.) Bei Betreten der Hotelhalle fühlte ich mich sofort um siebzig Jahre jünger: Ich befand mich im Jahre 1890.

Ein Page führte mich durch den stucktriefenden Raum in einen kleinen, mit Schnitzereien, Bronzeleuchtern und samtgepolsterten Ruhebänken ausgestatteten Salon, der sich nach oben in Bewegung setzte und ein Fahrstuhl war.

Der Hotelboy, zwei gepäcktragende Hausdiener (eine Reisetasche, ein Koffer) und der Empfangschef geleiteten mich durch saalartige, teppichbelegte Korridore – vorbei an dienernden Etagenkellnern, Stubenmädchen und Kammerdienern – zu dem mir zugedachten Appartement. Hier konnte ich mich Elite fühlen!

Im weltberühmten Aquarium von Monaco wird man immer wieder daran erinnert, daß Aristoteles Onassis in diesem kleinen Fürstentum an allen Unternehmungen irgendwie beteiligt ist . . .

Vier kleine Löwen trugen das mit geschnitzten Rosen verzierte Bett, der Kleiderschrank erfüllte für sich alleine die Bedingungen des sozialen Wohnungsbaus, und das Telefon war ein Modell, wie es nicht einmal das Deutsche Museum in München besitzt. Das Badezimmer konnte man kaum als Badezimmer bezeichnen, sondern schon eher als Badeanstalt. Die Klinke der Balkontür war ein Messinghebel in Form einer Meerjungfrau. Ich drückte sie kräftig hoch und klemmte mir vier Finger der rechten Hand zwischen ihrem Busen und dem Fensterrahmen. Als ich dann den mehrteiligen Fensterladen zurückklappte, gerieten drei Finger der linken

Hand zwischen zwei zusammenschlagende Flügel. Und ausgerechnet in diesem Hotel wohnten, wie ich später erfuhr, alle großen Virtuosen von Paderewski über Kreisler und Casals bis zu Yehudi Menuhin! Das Wunder, daß trotzdem noch Konzerte stattfanden, ist nur damit zu erklären, daß diese Künstler erfahrener im Umgang mit antiken Grand Hotels waren und nichts selber anfaßten.

Der Portier überreichte mir einen Stadtplan und wies mich auf die Sehenswürdigkeiten des Fürstentums hin: das Aquarium und Ozeanographische Museum, den Palast des Fürsten, den exotischen Garten und das Prähistorische Museum mit den Fossilien, womit er nicht etwa das Spielcasino meinte. Denn das Casino erwähnte er gar nicht. Auch in den Prospekten wird es nur ganz am Rande genannt. Man geniert sich anscheinend.

Auf dem Wege zum schönsten Aquarium der Welt konnte ich feststellen, daß fast alle blonden Monegassinnen sich nach dem Vorbild der Fürstin Gracia frisieren. Die Fische im Aquarium dagegen versuchten alle mit Erfolg, Onassis ähnlich zu sehen, dem bekanntlich die Spielbank-Majorität gehört.

Das Bassin mit der Aufschrift «Hummer» war leer. Er wurde wohl gerade als Opfer des Fremdenverkehrs irgendwo serviert. Besonders großen Eindruck machte auf mich ein etwa fünfzigpfündiger Fisch, der in einem runden Spiritusbehälter senkrecht auf dem Schwanz stand. Eine Gedenktafel verkündete:

«Dieser Fisch aus der Bucht von Villefranche starb am 6. Juli 1940 in dem Aquarium, in dem er 29 Jahre lebte.»

1940! In stolzer Trauer vernahm damals das nicht wehrpflichtige Volk der Monegassen den Tod dieses stummen Mitbürgers.

Das Ozeanographische Museum wurde vom Fürsten Albert gegründet, der ein großer Meeresforscher war und dessen Name trotzdem auf allen Flaschen des Albert-Bieres (de Luxe) prangt. Auch er gehörte zum Geschlecht der Grimaldis, dessen neuerdings dank Amerika-Hilfe wieder kräftig blühender Stammbaum auf einen gewissen Otto Canella aus Genua zurückgeht. Dieser Otto nannte seinen erstgeborenen Sohn Grimaldo und ersparte so dem jetzigen Fürsten Rainier die bittere Pille, aus dem Geschlechte der Ottos zu stammen. Die leider historische Tatsache, daß die Grimaldis die günstige Lage ihres Felsens zu Seeräuberei benutzten, wollen wir vergessen. Hätte es damals schon ein Spielcasino gegeben, hätten sie das nicht nötig gehabt.

Der nach Bonner Begriffen äußerst bescheidene Palast der Grimaldis ist das Ziel aller Touristen, die einmal den Hauch eines angestammten Herrscherhauses verspüren möchten. Das Herrscherhaus ist umgeben von Andenkenläden und Postkartenständen. Man kann das hohe Paar für 2,– DM auf Seide gestickt und als Aschenbecher, für 0,50 DM als Postkarte bekommen (farbig sind sie etwas teurer). Für eine D-Mark gibt es die scheinbar unerschöpfliche Restauflage der offiziellen

Dem Fürstenschloß gegenüber haben sich zahlreiche Postkartenhändler etabliert. Die Postkarten sind nach Sachgebieten geordnet. Die Fürstin hat einen ganzen Ständer für sich allein. Als ich mir einen Sonderstempel auf Gracias Bild drücken ließ, glaubte ich sie am Schloßfenster zu sehen, wie sie wohlgefällig den guten Geschäftsgang verfolgte. Den monegassischen Briefmarken ist es nämlich zu verdanken, daß Fürst Rainier III. der Landesmutter ein anständiges Wirtschaftsgeld geben kann.

Sonderpostmarke mit Sonderstempel von der Hochzeit 1956.

Vor dem Palast stehen sauber ausgerichtet die Kanonen und Feldschlangen, mit denen die Vorfahren des jetzigen und durchaus honetten Fürsten die Passanten belästigten. Neben jeder Kanone zu Pyramiden aufgeschichtete Eisenkugeln, die durch dazwischengestrichenen Zement am Rollen gehindert werden. Ich sehe darin eine gewisse Undankbarkeit, denn rollende Kugeln sind immerhin im Verein mit den Briefmarken die stabile Grundlage dieses pittoresken Fürstentums. Und damit wären wir endlich beim Spielcasino.

Daß Monaco durch Heirat eine echte Demokratie geworden ist, geht daraus hervor, daß im Gegensatz zu früher nicht nur die Reichen ihr Geld loswerden können, sondern daß nunmehr dieses prickelnde Vergnügen auch den unteren Volksschichten offensteht. Dasselbe pompöse Portal führt die nerztragende Elite an den Roulette-Tisch und den buschhemdtragenden Touristen zu den Spielautomaten. Die «slot-machines» sind mit Sioux-Indianern verziert und stammen aus der Heimat der Landesmutter. Wem es gelingt, drei Äpfel, drei Kirschen oder drei Pflaumen auf eine Linie zu bringen, hat gewonnen. (Leute, deren Geld fürs Roulette nicht mehr reicht, legen einen solchen «Obsttag» ein.)

Wenn man diesen Raum mit seinen etwa hundert Spielautomaten betritt, hat man die Geräuschkulisse einer gutgehenden Metallwarenfabrik. Das rasselt, scheppert, bumst und klingelt. Zwei Automaten laufen fürs Rote Kreuz, der Rest für Onassis.

Die Automaten schlucken nur Hartgeld, jeweils einen «Neuen Franc», also etwa eine D-Mark. Pfundweise verschwindet das Geld in den dafür vorgesehenen Schlitzen. Deshalb war es eine gute Idee der Casino-Leitung, hier eine Personenwaage aufzustellen. Sie steht dicht bei den Spielautomaten, und wenn man sich vor und nach dem Spielen wiegt, kann man ohne mühsames Nachzählen des Hartgeldes seine Verluste auf hundert Gramm genau errechnen.

An den Spielautomaten sind höchstens zwanzig Mark pro Minute zu verlieren. Für Leute, die mit ihrer Zeit rechnen müssen, sind Roulette und Bakkarat das gegebene bzw. das schneller Nehmende.

Um in die Roulette-Säle zu gelangen, muß man sich ausweisen. Weshalb, war mir zunächst unverständlich. Den möchte ich sehen, dessen Geld die Spielbank nicht haben will! Als ich meinen Paß aus der Brieftasche zog, warf der Beamte einen prüfenden Blick auf deren Inhalt. Nun war es mir klar: Die Spielbank ist ein seriöser Geschäftsbetrieb, hier fand die Vorkalkulation statt. Ich bekam eine Karte, auf der in Schönschrift mein Name stand.

Vor den Spielsälen steht ein Säulenstumpf, der einen Felsbrocken trägt, der eine nackte Dame trägt, die ein Kind trägt, das einen Leuchter trägt, der eine Glühbirne trägt. Das ist der Mindestaufwand pro Glühbirne, in den von vielen tausend Lampen erhellten, mit ungeheuerlichem Pomp ausgestatteten Sälen. Hier kann man wirklich sagen: Der Zweck heiligt die gewaltigen Mittel. Den Auftrag an den Architekten kann ich mir nur in rheinischem Dialekt gesprochen vorstellen: «Wat Se bauen, is mir ejal, Hauptsache, es is teuer!»

Der erste Roulette-Saal ist mit barocken Schäferszenen geschmückt. Diskreter kann man wohl kaum auf den Zweck des Saales hinweisen: Der Gast soll hier sauber geschoren werden.

Dieser Saal hat schlichtes Parkett und ist für das ge-

Die Touristen leiden in der Spielhölle Höllenqualen. Wenn die Reisegesellschaften am frühen Vormittag und am späten Nachmittag durch die Spielsäle geschleust werden, müssen alle Foto-Apparate draußen bleiben, denn im Casino herrscht strenges Fotografierverbot. Die leidenschaftlichen Knipsamateure machen aber auch ohne Kamera instinktiv die entsprechenden Handbewegungen, denn sie sind es gewohnt, bei Sehenswürdigkeiten stets die Hand am Auslöser zu haben.

meine Volk, das nur ein paar hundert Mark täglich verspielen kann. Dahinter liegen die «Salons privés» und so dicke Teppiche, daß keinerlei Geräusch verursacht wird, wenn man vor Schreck vom Stuhl fällt.

Die «Salons privés» verdanken ihre Berühmtheit den zeitgenössischen Romanen unserer Großeltern. Damals versuchten russische Großfürsten, hier ihrer

Reichtümer Herr zu werden, indem sie durch Spielverluste ihr Vermögen auf ein überschaubares Maß brachten. Mancher Fürst brachte es so weit, daß er beim Verlassen des Casinos dem Portier nur noch einen Schuldschein über seine letzten hundert Leibeigenen in die Hand drücken konnte.

In den «Salons privés» fielen mir besonders die vielen goldstrotzenden Armleuchter auf. Die zahlreich vertretenen Industriellen von Rhein und Ruhr spielten sehr vorsichtig. Auf «Rot» trauten sie sich nicht zu setzen, und wenn sie dann auf «Schwarz» setzten, verloren sie oft nicht nur das Geld, sondern auch den Glauben. Ich sah viele brillantenbehängte alte Damen, die Tausende verspielten, ohne mit der (falschen) Wimper zu zucken. Sie versuchten ihr Glück im Spiel mit dem Geld, das sie früherem Glück in der Liebe verdankten.

Ein Schauer der Ehrfurcht lief mir über den Rücken, als ich vor dem in so vielen Romanen erwähnten Fahrstuhl stand. Es gibt ihn also wirklich! Er verbindet die «Salons privés» mit einem in den Felsen gesprengten unterirdischen Gang, der zum feudalen *Hôtel de Paris* führt. Man hatte den Gang gebaut, damit die reichen Leute der Jahrhundertwende diskret und ungesehen ins Casino gelangen konnten. Der Aufzug ist seit vielen Jahren nicht mehr in Betrieb, weil die reichen Leute von heute gar kein Interesse daran haben, diskret aufzutreten.

Der Aufzug erleichterte aber auch den Weg zu jener berühmten Klippe, auf der sich Männer von Welt mittels eines Trommelrevolvers in eine andere Welt beförderten, wenn sie den eigenen letzten Pfennig zuzüglich einer Ehrenschuld verspielt hatten. Ein immer wieder kolportiertes (und immer wieder von der Casino-Leitung dementiertes) Gerücht behauptet, daß ein Angestellter der Spielbank sofort zur Klippe eilte, wenn von dort ein Schuß erklang. Er steckte (angeblich) dem bleichen und bargeldlosen Verblichenen ein dickes Bündel Banknoten in die Brusttasche, damit nachher niemand behaupten konnte, die Spielbank habe ein neues Opfer gefordert. Das Gerücht berichtet hartnäckig weiter, daß sich eines Nachts ein ausgekochter Bursche mit Lippenstift ein Loch auf die Schläfe malte, in die Luft schoß, sich hinlegte, tot stellte und das Geld in die Brusttasche stecken ließ. Nach Verschwinden des Casino-Angestellten verschwand er ebenfalls.

Ich hörte am hellichten Tage eine ganze Salve von Schüssen aus der Richtung dieser Klippe. Meine Vermutung, daß hier eine Reisegesellschaft nach verlustreichem Spiel den Weg ins Jenseits antrat, trog: Da unten befindet sich jetzt der Tontauben-Schießplatz.

Der Leser wird mit Recht fragen, weshalb ich immer nur von Spielverlusten, aber nie von Gewinnen rede. Das kann ich leicht erklären: Erstens habe ich nur verloren, und zweitens hat ein Direktor der Spielbank von Monte Carlo einmal geäußert: «Das Geld, das hier jemand gewinnt, betrachten wir als kurzfristiges, zinsloses Darlehen!»

Ich hatte das Vergnügen, einen leitenden Herrn der Spielbank kennenzulernen. Er residierte im ersten Stock des Casinos. Hier oben hing ein riesiges Wandge-

Die feinfühlige Casino-Gesellschaft hat vor der Spielbank besonders konstruierte Bänke aufgestellt, die man in zwei Richtungen benutzen kann. Die Lehne ist umklappbar, falls man nach größeren Spielverlusten das Casino nicht mehr sehen will. Andersherum hat man den beruhigenden Blick aufs Meer.

mälde, das für die Spielsäle völlig ungeeignet war: In einer zerklüfteten Uferlandschaft saß auf einer Klippe ein hungerndes und verzweifeltes Paar, das sich über einem kleinen Reisigfeuer ein dünnes Süppchen kochte. Spielers Ende!

Der charmante und gegen das Roulette immune Monsieur Bernard erzählte wehmütig von den großen Spielern vergangener Zeiten. (Im Interesse des Hauses natürlich nur von Gewinnern.) So zum Beispiel von dem berühmten Baron van Palland, der sich eine Gärtnerschürze umband, eine Gießkanne mit edelstem Wein füllte und damit die Laternen vor dem Casino begoß zum Dank dafür, daß sie ihm den Weg zum Roulette erleuchteten.

Beim Verlassen des Casinos kam ich an einem Glaskasten vorbei, in dem Postkarten, Briefe und Telegramme ausgehängt waren. Sie waren an Spieler gerichtet, die das Casino als Adresse angegeben hatten. Laut Poststempel waren die Telegramme zwischen sechs und zehn Jahren alt, ein Beweis dafür, daß ein Brief auch genügt hätte. Die Porto-Differenz hätte dem Spieler vielleicht den letzten, gewinnbringenden Einsatz ermöglicht.

Und dann fiel mein Blick auf ein Plakat, das zum wirklich allerletzten Einsatz aufforderte: «Offrez votre sang!» Auf deutsch: «Biete Dein Blut an!» Ein Aufruf zur Blutspende-Aktion. Außerdem hing am Casino-Ausgang ein Kasten mit der Aufschrift «Für die Armen!». Ich konnte es nur so verstehen, daß diejenigen, die drinnen alles verloren haben, sich hier etwas herausnehmen dürfen. Der Kasten war aber fest verschlossen.

Am nächsten Morgen sprang ich im luxuriösen Strandbad «Monte-Carlo-Beach» ins Meer. Im Prospekt stand: «Monte-Carlo-Beach bietet *alle am Meer denkbaren Vergnügungen*!» Das ist ein stolzes Wort, aber ich muß den Leser bitten, seiner Phantasie nicht allzu freien Lauf zu lassen. Monte Carlo und sein charmantes Herrscherpaar geben sich alle Mühe, aus dieser Perle der Riviera einen soliden, nicht nur für die «Elite» zugänglichen Kurort zu machen. Ja, die Fürstin Gracia spielte sogar mit dem Gedanken, das Spielcasino ganz zu schließen.

Bevor ich mich auf den Heimweg machte, bummelte ich noch am Yachthafen entlang. Auf dem Heck einer deutschen Yacht saßen zwei massive Herren. Der eine sagte mit Stentorstimme: «Ich rate Ihnen: Setzen Sie nicht auf Rot, setzen Sie nicht auf Schwarz, sondern stecken Sie Ihr Geld in Vereinigte Sprengstoff-Aktien!»

Der Mann hatte das System raus, bei dem man immer gewinnt.

Mit diesem wertvollen Tip versehen verließ ich Monte Carlo.

Caesar, Brathuhn und Quo Vadis

An der Steinbrüstung der Via dei Fori Romani, von der aus man einen herrlichen Blick auf die ausgegrabenen Trümmer und Säulenreste des antiken Rom hat, traf ich zwei Amerikanerinnen, die im doppelten Sinne an der Schwelle des Altertums standen. Nirgends findet man so viele ältere Damen aus aller Herren Ländern wie hier im Forum Romanum. Wahrscheinlich zieht es sie zu den Ruinen, weil sie in der jahrtausendealten Umgebung noch verhältnismäßig jung zu wirken glauben. Die beiden Damen drehten einen Stadtplan hin und her, blätterten im Reiseführer und sahen ratlos auf das Forum hinunter. Irgend etwas ganz Bestimmtes schienen sie zu suchen. Als ich an ihnen vorbeiging, sprachen sie mich an. «Please where is Cesars Villa?»

Caesars Villa? Ich hatte nie davon gehört, aber irgendwo mußte sie ja gestanden haben. Ich fragte einen am Straßenrand parkenden Droschkenkutscher. Er überlegte lange und angestrengt, kratzte sich am Kopf, und dann kam ihm die Erleuchtung: «Sie meinen sicher die *Villa dei Cesari*! Das ist ein Restaurant an der Via Appia Antica, wo Sie von Kellnern in altrömischer Tracht bedient werden!»

Die Damen waren überglücklich und bestiegen die «carozzella». Ich blieb zurück neben einem Papierkorb, aus dem Bananenschalen und zerknitterte Keksschachteln heraushingen. Auf dem Blechbehälter stand in deutscher Sprache eine Reklame:

Iss in Rom bei mir! Trattoria Angelo!

Das war fast noch abschreckender als das an vielen römischen Restaurants hängende Plakat «Hier fühlen Sie sich wie zu Hause», das dem Gast ausgerechnet das verspricht, was ihn von zu Hause wegtrieb. Deshalb entschloß auch ich mich, an diesem Abend in der Cäsaren-Villa zu essen.

Nach Einbruch der Dunkelheit fuhr ich an der alten Stadtmauer entlang zur Via Appia Antica. Finster, schmal und einsam lag sie da. Diese Straße hat in ihrer vieltausendjährigen Geschichte mehr interessante Dinge gesehen als die Via Veneto, die Champs-Élysées und der Kurfürstendamm zusammengenommen. Sie sah die Heimkehr der römischen Legionen, die Ankunft des Apostels Petrus und die Abfahrt Gina Lollobrigidas, die hier eine Villa hatte.

Die Straße war unbeleuchtet. Ich glaubte schon, ich hätte mich verfahren, da tauchte aus dem Dunkel ein Licht von wunderschöner Farbe auf: Eine Neonröhre strahlte die klassischen Wörter Quo Vadis in die Nacht. Daneben leuchtete das Markenzeichen einer Benzinfirma, denn die Bar *Quo Vadis* ist mit einer Tankstelle, einem Ristorante und einem Dancing gekoppelt. Einen zugkräftigeren Namen kann man sich für ein gastronomisches Unternehmen kaum denken. Wer den Film Cecil B. DeMilles sah oder den Roman von Sienkiewicz las, wird hier einkehren.

Auch ich tat es und war ziemlich enttäuscht. Das Lokal sah aus wie jede andere Bar in Italien: haufenweise Bonbons und Kuchen, ein Musikautomat donnerte mit der landesüblichen maximalen Lautstärke das Lied vom Teeny-weeny-Strand-Bikini, eine üppige, vollreife Römerin thronte hinter der Kasse, und ein schmächtiges, schwarzlockiges Männchen hing am Hebel der Kaffeemaschine. Abgesehen vom Märtyrer-Aussehen dieses Espressosklaven war von frühchristlicher Atmosphäre nichts zu spüren. Deshalb trank ich nur ein Glas Lacrimae Christi und fuhr weiter.

Nach einigen hundert Metern ägyptischer bzw. altrömischer Finsternis leuchtete mir auf der rechten Straßenseite ein Schild mit einem Pfeil entgegen: VILLA DEI CESARI. Durch eine blühende, duftende und mit bunten Lämpchen geschmückte Pergola fuhr ich auf den Parkplatz. Als ich den Motor ausschaltete, schepperte es. Ich dachte: «Nanu, was ist mit dem Auto los?» Da riß ein echt römischer Legionär mit goldenem Helm und einem roten Besen drauf die Autotür auf. Was so gescheppert hatte, war seine Rüstung und das Blechschwert an seiner Linken. An seiner Rechten wedelte ein deutscher Schäferhund freudig mit dem Schwanz, wahrscheinlich hatte er die bundesrepublikanische Autonummer erkannt. Der ziemlich schmalbrüstige und mickrige Legionär versprach, den Wagen gut zu bewachen, denn die Gegend sei sehr unsicher. Den Parkwächter möchte ich sehen, der eine Gegend als sicher bezeichnet.

Da stand ich nun als Nachkomme der Vandalen aus

dem Norden, die einst das kaiserliche Rom in Trümmer gelegt hatten, und gab einem römischen Legionär ein bescheidenes Trinkgeld dafür, daß er mit einem deutschen Schäferhund mein in Gallien gebautes Auto bewache. Wie richtig sagte doch mein Lateinlehrer: «Sic transit gloria mundi!», was in freier Übersetzung soviel heißt wie «Nix ist ewig!».

Mit gezücktem Schwert führte mich der Legionär durch den Garten zur Villa. Überall standen in Stein gehauene oder in Gips gegossene Imperatoren und Senatoren herum, denn Italien war schon im Altertum für seine ausdrucksstarken Büsten bekannt. In der Neuzeit hat sich das Gewicht allerdings auf den weiblichen und filmschaffenden Teil der Bevölkerung verlagert.

Die Tische im Garten waren nur spärlich besetzt, denn es war kühl. Ich stieg die Treppe zur Villa hinauf. An der Eingangstür empfing mich der Oberkellner in dunkler Strumpfhose, mäanderbandgeschmücktem Hemd und metallbeschlagenem Gürtel, an dem ein hübscher Pompadour aus Samt hing. So warm bin ich selten empfangen worden. Er führte mich an einer Bar vorbei, neben der sich eine Tür mit der Aufschrift «Thermopylen» befand. Der Anstand verbietet mir, zu sagen, wohin diese Tür führte. Das hätte sich der tapfere Leonidas nicht träumen lassen, daß der Name des Schauplatzes seiner in allen wehrfreudigen Schulbüchern verzeichneten Taten eines Tages die Tür zu einer gekachelten hohlen Gasse schmücken würde.

Aus dem im Stil des klassischen Altertums gehaltenen Speisesaal dröhnte mir der klassische Schlager *Tea for two* entgegen. Vor einer antiken Säule und zwischen zwei Bronzelöwen machten fünf italienische Musiker mit Hilfe einer Verstärker-Anlage mehr Krach als eine hundert Mann starke Militärkapelle.

Der Strumpfhosen-Ober führte mich zu einem freien Tisch und empfahl mir als Spezialität des Hauses «Pollo sulla fiamma sacra», also Huhn über der heiligen Flamme. Das war natürlich verlockend. Ich hätte mich nicht gewundert, wenn er mir erzählt hätte, daß seine Familie allen Verfolgungen zum Trotz eine Originalflamme aus dem Vesta-Tempel über die Jahrtausende hinweg gehütet hätte, um mir ein Huhn über heiliger Flamme offerieren zu können. Ich bestellte, der Ober tänzelte ab.

Ich sah mich im Lokal um und entdeckte ein paar Tische weiter die beiden Amerikanerinnen. Sie winkten mir freundlich zu und waren restlos zufrieden, denn so viele schöngebaute Männer in Strumpfhosen wie hier bekamen sie in der Neuen Welt nirgends geboten.

Rundherum saßen viele sehr feine Leute. Die Wände waren mit eigenartigen Fresken aus den letzten Jahren des 19. Jahrhunderts (*nach* Christus) bemalt. Ein offensichtlich streng vegetarischer Maler hatte klassische Statuen in Gemüse übersetzt: Da gab es zum Beispiel einen splitternackten Herkules, der aus sauber gemalten Kohlköpfen, Artischocken, Lauch, Spargel, Rettichen, Knoblauchknollen und Salatblättern zusammengesetzt war, unter sparsamster Verwendung von Mohrrüben. Als Augen hatte er zwei Tomaten, wodurch die alte Berliner Redensart «Der hat wohl Tomaten uff die Oogen» zum erstenmal optische Wirklichkeit wurde. Ei-

Um zweitausend Jahre jünger fühlt sich der Gast des Restaurants *Villa dei Cesari*. Südländische Rhythmen vermitteln antike Atmosphäre und die brennend servierten Hühner den Duft des Brandes von Rom.

ner Gemüse-Venus an der Längsseite des Saales dienten zwei Kohlköpfe als Busen. Das war nicht sehr appetitanregend.

Da stieg mir der Duft eines angesengten Huhns in die Nase. Von hinten nahte die Strumpfhose mit dem Huhn von der heiligen Flamme.

Der erste Eindruck war enttäuschend, denn das Huhn war als solches nicht mehr zu erkennen. Es sah aus wie ein Kotelett und war höchstens zwei Zentimeter dick. Ich fragte den Tunika-Sklaven, ob es sich etwa um ein Huhn handele, das am Morgen auf der Via Appia unter die Bereifung eines vorbeidonnernden Lastzuges geraten sei. Diesen Verdacht wies der Ober weit von sich und behauptete, diese Art der Zurichtung sei ein ganz besonderer kulinarischer Trick. Er übergoß das Preßhuhn mit französischem Cognac, den er anzündete. Da hatte ich also die «fiamma sacra».

Es schmeckte nicht schlecht, aber ein biederes, formtreues Huhn vom Münchner Oktoberfest, über unheiliger Holzkohle knusprig gemacht, ist mir lieber.

Zum Nachtisch wählte ich aus dem dreistöckigen Früchte-Arrangement eine Banane und öffnete sie auf herkömmliche Art, indem ich mit Daumen und Zeigefinger die Schale herunterzog. Die umsitzende elegante Welt erbleichte. Der Kellner machte sich an meinem Tisch zu schaffen, um den anderen Gästen den abstoßenden Anblick eines Menschen, der eine Banane wie ein Affe verspeist, zu verdecken. Später sah ich am Nebentisch, wie wirklich feine Leute Bananen essen: Eine elegante Römerin öffnete den von Mutter Natur so fingergerecht gestalteten Bananen-Reißverschluß umständlich mit Messer und Gabel.

Noch vor Beginn des groß angekündigten Nacht-Kabaretts verließ ich die Villa der Cäsaren, die natürlich zu keiner Zeit das Domizil eines Imperators gewesen ist, wenn auch den Gästen in dankenswerter Weise diese Illusion vermittelt wurde.

In einer gemütlichen Kneipe des volkreichen und wäschegeschmückten Stadtteils Trastevere wollte ich den Abend beenden. Auf der Suche nach einer schlichten Taverne geriet ich im Gewirr der engen Gassen auf eine düstere Piazza, die nur an einer Ecke von einer dünnen Girlande farbiger Glühbirnchen schwach erhellt war. Plötzlich hörte ich neben mir Pferdegetrappel. Ein Räuber wie aus dem Bilderbuch sprengte neben mir her und ritt dann schräg vor den Wagen. Er trug eine Lammfellhose, Schlapphut und eine die untere Gesichtshälfte verdeckende Pelerine. An einer Mauer zwang er mich zum Halten. Aus dem Dunkel löste sich eine zweite Räubergestalt, zu Fuß, aber ebenfalls im Abruzzen-Brigantengewand. Er griff unter seine Pelerine. Zog er jetzt eine Pistole? Aber nein, er zog das Erpressungsinstrument der neuzeitlichen Straßenräuber: einen Block mit Parkzetteln. Ich befand mich vor dem Restaurant *Da meo Patacca*, das als sizilianisches Brigantenlokal aufgemacht ist. Während ich mich von meinem Schreck erholte, geleitete der berittene Räuber bereits neue Parkkunden an die Mauer.

Das Lokal befand sich tief unten in einem gewaltigen, verräucherten Kellergewölbe. Ich merkte aber auf den ersten Blick, daß ich schon wieder in einem piekfeinen Etablissement gelandet war. Es war, wie es sich heute für vornehme Restaurants gehört, mit landwirtschaftlichen Geräten, Weinpressen und Fässern dekoriert. Reiche Leute sitzen gerne zwischen Werkzeugen der hart arbeitenden Bevölkerung.

Auf den Tischen standen Radnaben als Kerzenhalter. Der Ober in bäuerlicher Tracht überreichte mir eine große Pergamentrolle, die aussah wie eine päpstliche Bulle: die Speisekarte. Ich entrollte sie und las, daß der Besitzer des Lokals den uritalienischen Namen Re-

Diese Szene spielt sich nicht etwa in den Abruzzen ab, sondern im Herzen Roms, nicht weit vom Petersdom. Die Parkwächter eines sehr vornehmen, als Räuberhöhle aufgemachten Lokals sind sinnvoll als Straßenräuber verkleidet. Der Mann im Hintergrund will nur eine Wäscheleine befestigen, und die Hausfrau wetzt die Messer zum Nachtessen.

mington führte. Die Speisekarte war dreisprachig, im deutschen Teil gab es so interessante Dinge wie «Lieberwurst». Die Servietten waren bunt und hatten die Form einer Kinderschürze. Man verknotete die Enden im Nacken und vermied so, daß Hemd und Anzug beim Spaghetti-Essen Sommersprossen bekamen.

In meinem Wein entdeckte ich dunkle Krümel und beschwerte mich deshalb beim Kellner. Der erklärte, daß es nicht am Wein läge, sondern an der morschen Kellerdecke, von der infolge des Musiklärms pausenlos der Dreck herunterrieselte. Ich habe einen Aschenbecher aufs Glas gestellt und die feudale Räuberhöhle bald wieder verlassen, um endlich eine Kneipe des einfachen Volkes zu finden.

Und so geriet ich in das Lokal von Cenzio. Es war nicht viel größer als ein Speisewagen, rechts eine Reihe Tische, links eine Reihe Tische, dazwischen ein schmaler Gang. Das Lokal war dicht besetzt mit fröhlichen Italienern. Die Kellner sangen gerade gemeinsam ein zweideutiges, ja stellenweise sehr eindeutiges Lied, das die anwesenden Damen verschämt erröten und die Herren schallend lachen ließ.

Man nahm mir den Mantel ab, der sofort in der Küche verschwand. Der Wirt fragte nach meinen Wünschen. Ich verlangte einen Schnaps, worauf er mich am Kragen packte, hochzog und vor die Tür setzte. Dort übergab er mich einem Mann mit Dienstmütze, den er beauftragte, mich zu einer Bar zu führen. Bei ihm gäbe es keinen Schnaps. Diese Behandlung verwunderte mich, zumal mein Mantel noch im Lokal war.

Der Wirt ging laut schimpfend ins Lokal zurück, der Dienstmützenträger packte mich am Arm und zog mich über die Straße. Als ich deshalb böse wurde, merkte der Mann, daß ich die Bräuche Cenzios nicht kannte. Er klärte mich auf: Das Lokal verdankt seinen enormen Zulauf der Tatsache, daß alle Gäste hier so schlecht wie möglich behandelt werden. Es handelte sich hier also um den einzigen mir bekannten Fall von gastronomischem Masochismus.

Als ich nach einem Schnaps in der Bar gegenüber zurückkam, empfing mich die singende Belegschaft mit einem improvisierten Lied, in dem sie mich bezichtigte, im Hinblick auf die anwesenden Damen ganz bestimmte Absichten zu haben. Die Gäste bogen sich vor Lachen, ich setzte mich und zündete errötend eine Pfeife an. Als sie brannte, schüttete der Wirt unter allgemeinem Jubel Bier in den Pfeifenkopf. Dann ließ man mich in Ruhe und nahm sich neu ankommender Gäste an.

In der Gastronomie muß man Ideen haben. Und das haben die römischen Restaurateure, wie dieser Bericht hoffentlich beweist.

Die Zürcher Mitternachtswürstchen

Wanderer, kommst du nach Zürich, komme keinesfalls nach Mitternacht, und vor allen Dingen nicht hungrig oder durstig.

Die als «Zürcher Uhrzeigermoral» bekannt gewordene früheste Polizeistunde der Welt macht es reich und arm in gleicher Weise unmöglich, nach zwölf Uhr abends noch satt zu werden.

Als ich eine halbe Stunde vor Mitternacht auf dem Zürcher Hauptbahnhof ankam, hatte ich seit zehn Stunden nichts gegessen. Die letzte halbe D-Zug-Stunde hatte ich mir damit vertrieben, im Reiseführer die Spezialitäten wie «Zürcher Topf» und «Zürcher Spießli» nachzulesen und mit Wasser im Munde vorzuschmecken. Laut Prospekt erwarten den Fremden Hunderte von Restaurants und Kneipen hinter dem Limmatkai. Von der Polizeistunde stand kein Wort drin.

Fünf Minuten vor zwölf erreichte ich mit hängendem Magen und ausgedörrter Zunge die Niederdorfstraße, gastronomische Hauptverkehrsader Zürichs. Dort herrschte reges Leben und Treiben. Das lag aber nur daran, daß alle Gäste wegen der Polizeistunde aus den

Lokalen herausmußten. Man ließ mich nirgends mehr hinein.

In der Stadt des großen Reformators Zwingli muß man nach Mitternacht Hunger und Durst bezwinglin. (Ich weiß nicht, ob es im Schwyzer Dütsch so heißt, könnte es mir aber denken.) Hungrig irrte ich inmitten einer satten Menschenmenge, die sich rechtzeitig eingedeckt hatte, durch das immer noch neonröhrenstrahlende Vergnügungsviertel.

An einer Litfaßsäule hing ein Plakat mit den Riesenlettern:

EHRET DIE HEIMISCHE ARBEIT!

Dieser Slogan sollte wahrscheinlich die frühe Polizeistunde schmackhaft machen, denn ein davorstehendes Liebespaar lächelte sich verschmitzt zu und strebte heimwärts.

Wie ich später erfuhr, hat die überwiegende Mehrzahl der Zürcher Männer sich bei der Abstimmung *für* die frühe Polizeistunde ausgesprochen. Dafür gibt es eine plausible Erklärung: Die Zürcher Männer hüten nichts so ängstlich wie ihre Fränkli. Wenn sie mit einer Dame ausgehen, sind sie heilfroh, daß nach Mitternacht garantiert keine Kosten mehr entstehen können.

Aus einer Seitengasse leuchtete mir der Schriftzug *Chez Leo* entgegen. Das klang französisch, und Franzosen lassen stets mit sich reden, wenn es sich um die Umgehung polizeilicher Vorschriften handelt. Sicher würde Leo meinen Hunger und Durst stillen. Aber auch er ließ mich nicht herein, denn er war Schweizer. Immerhin erfuhr ich durch eine Gedenktafel über dem

Dieses Bild widerlegt die immer wieder gehörte Behauptung, daß es in Zürich nach Mitternacht nichts mehr zu trinken gäbe.

Kneipenschild, daß hier einst Lenin wohnte. Aber davon wurde ich auch nicht satt.

Mit knurrendem Magen wanderte ich hinunter zum mondbeschienenen Zürichsee. Für ein einfaches Würstchengericht wäre ich bereit gewesen, mein Wahlrecht hinzugeben. Ich spielte bereits mit dem Gedanken, einen Passanten um ein Stück Brot anzubetteln. Aber niemand sah so aus, als ob er Brot bei sich hätte.

Da entdeckte ich am Geländer der Seepromenade ein großes Blechschild in Form eines Fisches mit der Aufschrift: «Fischen von 3 bis 22 Uhr erlaubt!» Endlich hatte ich etwas gefunden, was nach Mitternacht erlaubt war. Ich überlegte ernsthaft, ob ich die Zeit bis drei Uhr nicht dazu benutzen sollte, meinen Pullover aufzuribbeln und dann als Angelschnur zu verwenden. Das Braten des Fischs hätte keine Schwierigkeit bereitet, denn ich hatte Streichhölzer und eine deutsche Tageszeitung mit dreißig Seiten Stellen-Angeboten bei mir.

Aber woher einen Köder nehmen? Hätte ich einen gehabt, hätte ich ihn längst verzehrt.

Diesen Zeilen ist zu entnehmen, daß ich mich bereits bedenklich dem Hungerwahnsinn näherte. Sogar eine Fata Morgana blieb mir nicht erspart. Plötzlich sah ich ganz deutlich in etwa hundert Meter Entfernung eine erleuchtete Wurstbude. Ich stürzte darauf zu: Es war eine offene Telefonzelle, bestückt mit einer Telefon-Bibliothek von fünf dicken Bänden. In den Schweizer Telefonzellen liegen die Telefonbücher des ganzen Landes auf. Man kann also notfalls eine Zürcher Nacht in einer Telefonzelle lesend verbringen. Ich hatte nicht übel Lust, alle Gemeinderatsmitglieder, die an der frühen Polizeistunde und meinem Hunger schuld waren, nacheinander anzurufen und mit einem fürchterlichen Hungerschrei aus ihren hochmoralischen Betten zu schrecken. Ich sah aber davon ab, weil ich schon zu schwach war.

Gegenüber lag im Mondlicht das riesenhafte Gebäude der Schweizerischen Nationalbank. Bei ihrem Anblick fiel mir der schon im Altertum bekannte Spruch ein: «Wo viel Geld ist, ist auch viel Laster.» In Zürich ist enorm viel Geld. Die Nationalbank ist bis an den Rand mit Gold und Devisen gefüllt, und laut Steuerstatistik ist jeder fünfhundertste Zürcher Millionär. Nach der Steuerhinterziehungswahrscheinlichkeitsrechnung also mindestens jeder hundertste. Wenn das alte Sprichwort stimmt, woran wohl kaum zu zweifeln ist, dann hätten die Zürcher Stadtväter wenigstens *einen* vernünftigen Grund gehabt, das Laster durch frühe Polizeistunde einzudämmen.

Inzwischen war es ein Uhr. Die Straßen wurden leer. Eine würdige Dame mit Hornbrille kam auf mich zu. War sie etwa die aufsichthabende Vertreterin der Zürcher Frauenverbände, die ja an der Unterdrückung des Nachtlebens maßgeblich beteiligt waren? Aber nein – diese Dame *war* das Nachtleben!

Ich winkte einen vorbeifahrenden amerikanischen Straßenkreuzer mit der Aufschrift «Klein-Taxi» heran, denn ich fühlte mich zu schwach, den Weg ins Hotel zu Fuß zurückzulegen. Dabei kam mir die rettende Idee: Wenn jemand wußte, wo es in Zürich noch ein illegales Würstchen gab, dann konnte es nur ein Taxichauffeur sein.

«Fahren Sie mich irgendwohin, wo es noch etwas zu essen gibt!»

Zunächst wollte mich der Fahrer in das 68 Kilometer entfernte Luzern bringen, wo es keine frühe Polizeistunde gibt. Ich bestand aber auf einem Würstchen innerhalb Zürichs.

«Wenn Ihnen ein Würstchen genügt, kann ich Sie vielleicht in den ‹Air Suisse Terminus› einschmuggeln. Dort gibt es auch noch alles zu trinken.»

Na also!

Wir fuhren in eine dunkle Allee und hielten gegenüber einer hellerleuchteten Tankstelle. Bei näherem Hinsehen war es aber keine Tankstelle, sondern das Stadtbüro der Schweizer Luftlinie. Der Fahrer löschte seine Lampen und erklärte mir den Trick: «Sie warten jetzt hier im Dunkeln, bis ein Omnibus mit Transit-Gästen vom Flughafen Kloten kommt. Wenn der Omnibus drüben vorfährt, springen Sie über die Straße und mischen sich unauffällig unter die aussteigenden Fluggäste. Hinten in der Ecke ist ein Büfett mit Bar.»

Allein wollte ich dieses Abenteuer nicht wagen. Deshalb lud ich den Taxifahrer zu einem Whisky mit Würstchen ein. Er nahm dankend an und stellte sogar die Taxameteruhr ab, ein Musterbeispiel korrekten schweizerischen Geschäftsgebarens.

Als der erste Omnibus der Air Suisse drüben hielt, huschten wir in voller Deckung über die Straße, mischten uns unter die aussteigenden Fluggäste und mogelten uns so an das Ziel meiner Wünsche, das Büfett. Ich mußte mich sehr zurückhalten, um nicht sofort über die Theke hinweg in den dampfenden Wurstkessel zu greifen.

Es waren die schönsten Würstchen meines Lebens. Der letzte Zipfel blieb mir allerdings fast im Halse stekken, als ein Polizist die Halle betrat und direkt auf mich zukam. Er ging vorbei. Erleichtert atmete ich auf und schämte mich, ausgerechnet in der freien Schweiz polizeistaatlichen Angstgefühlen erlegen zu sein.

Während wir munter aßen und tranken, erzählte mir der Taxichauffeur Einzelheiten aus der Gemeinderatsdebatte, die seinerzeit zur Beibehaltung der frühen Polizeistunde führte. Ein Abgeordneter hatte als Argument angeführt, daß anständige Menschen um Mitternacht im Bett liegen. Das halte ich für eine sehr grobe Verallgemeinerung. Ich wage zu behaupten, daß sich um Mitternacht auch viele unanständige Menschen bereits dort befinden.

Ein französisches Ehepaar kam an die Bar und fragte, wo man sich noch für zwei Stunden die Zeit vertreiben könnte. Die Büfettdame klärte sie über die Zürcher Nachtlage auf. Staunend sagte die Französin:

«Olala! Sind die Zürcher Männer so leidenschaftlich, daß man nicht riskieren kann, sie nachts herauszulassen?»

Ich klärte die Dame dahingehend auf, daß die Zürcher Männer sich diese Beschränkung durch ihre Abstimmung selber auferlegt hätten. Darauf tat die charmante Französin eine Äußerung, die ich unmöglich wiedergeben kann, die aber den Kern der Sache traf.

Als der nächste Omnibus in Richtung Flughafen abgehen sollte, mischte ich mich wieder mit dem Taxichauffeur unter die einsteigenden Fluggäste. An der Omnibustür schlugen wir einen schnellen und diskreten Haken und sprangen in unser Auto.

Inzwischen war es zwei Uhr geworden. Wir fuhren zu meinem Hotel. Auf den Straßen herrschte noch reger Taxenverkehr. Das ließ in mir den Verdacht aufkommen, daß vielleicht doch noch irgendwo etwas los war. Der Taxichauffeur bestätigte: «Natürlich ist noch allerlei los! Aber das ist fast privat! Da kommen wir

Im Warteraum der Air Suisse sitzen die Transit-Gäste nicht etwa vor dampfenden Kochtöpfen, wie es den Anschein hat, sondern vor überdimensionalen Aschenbechern.

nicht rein.» Das kleine Wörtchen «fast» machte mich stutzig. Und das Wörtchen «wir» machte mich fröhlich, denn es bewies, daß ich einen Freund gewonnen hatte.

Wir fuhren am Hauptbahnhof vorbei. Alle Gitter waren geschlossen, man sah aber einen Lichtschein, in dem menschliche Schatten herumhuschten. Mein Freund zeigte mit dem Daumen hinüber: «Da sind die Reisenden eingesperrt, die mit dem Zwei-Uhr-Zug aus Genf kamen und kein Hotelzimmer bestellten. Raus können sie nicht, aber im Waschraum ist ein Wasserhahn, der ist die ganze Nacht geöffnet. Die Gefangenen haben also genug zu trinken.»

Ich habe mal irgendwo gelesen, daß die Schweiz auf dem Gebiet der Gastlichkeit bahnbrechend war.

Als ich am nächsten Tag in den frühen Abendstunden noch einmal durch die Niederdorfstraße bummelte, mußte ich eine überraschende Feststellung machen, die meine Erlebnisse vom vorhergehenden Abend in einem ganz anderen Licht erscheinen ließ: Die Zürcher haben ein Nachtleben von ganz normaler Länge, denn sie fangen es einfach drei Stunden früher an als andere Großstädte. Cabarets und Nachtlokale jenes Typs, der sich woanders erst gegen elf Uhr abends füllt, waren hier schon um acht Uhr voll besetzt, und zwar nicht nur mit Fremden, sondern vor allem mit Zürcher Einwohnern, was sich unschwer an den rauhen Kehllauten feststellen ließ.

Um meine Reportage richtig abzurunden, wanderte ich von Lokal zu Lokal. Zwei Stunden vor Mitternacht hatte ich bereits ein Restaurant, fünf Bars und ein Cabaret besucht. Allen Etablissements war gemeinsam, daß sie handgemachte Musik boten. Nach meinen vorsichtigen Schätzungen kommt auf ungefähr hundert Zürcher Einwohner ein Barpianist. Man muß es der Limmat-Metropole hoch anrechnen, daß hier fast alle durch Musikautomaten und Plattenspieler brotlos gewordenen Tonkünstler Europas ein Asyl gefunden haben.

Ich besuchte noch verschiedene Cabarets. So sehr verschieden waren sie allerdings nicht, denn das nackte Rückgrat dieser Vergnügungsstätten bestand auch im hochmoralischen Zürich aus Striptease-Tänzerinnen. Als ich ein solches Lokal betrat, verkündete der Ansager: «Nun sehen Sie Suleika, die glutäugige Tochter des Orients, Augenweide der Ölscheichs des Nahen Ostens, in ihrem Enthüllungstanz!» Suleika hopste herein, warf rhythmisch unter starker Bauchaktivität Stück für Stück ihrer Garderobe von sich und hopste wieder raus. Ein Ober sammelte hastig die Textilien vom Parkett und trug sie ihr nach. Anschließend ging ich, um etwas anderes zu sehen, zum Konkurrenz-Cabaret auf der gegenüberliegenden Straßenseite. Ich kam gerade rechtzeitig, um zu hören: «Und nun sehen Sie Suleika, die glutäugige Tochter des Orients, Augenweide der Ölscheichs, in ihrem Enthüllungstanz!» Und da war sie wieder. Der Geschäftsführer klärte mich auf: Beide Cabarets gehören demselben Unternehmer und sind durch einen unterirdischen Gang miteinander verbunden. Durch diesen Gang eilen die Tänzerinnen nach jedem Auftritt und hängen sich im Laufen die Entkleidungsutensilien wieder um. Das wäre nicht statthaft, wenn sie direkt über die Straße gingen.

Nirgends auf der Welt findet der Amüsierbetrieb so rationell und konzentriert statt wie in Zürich.

Die Akklimatisierung hatte bei mir inzwischen so große Fortschritte gemacht, daß ich bereits eine halbe Stunde vor Mitternacht todmüde war. Punkt zwölf Uhr begrüßte mich der Hotelportier, der mich in der Nacht vorher sehr streng und vorwurfsvoll angesehen hatte, freundlich als soliden Bürger – trotz der ihm entgegenwehenden Alkoholfahne, die legal vor der Polizeistunde erworben und damit moralisch einwandfrei und getränkesteuerlich wertvoll war.

So streng sind in Zürich die Bräuche.

PS.: Als die erste Auflage dieses Buches erschienen war, bekam ich von drei Zürcher Clubs, die ihre Pforten (nur für Mitglieder natürlich) bis lange nach Mitternacht aufhalten, Dauerkarten zugeschickt. Außerdem schrieb mir eine Zürcher Hausfrau, daß ich nach Mitternacht stets bei ihr läuten und Würstchen essen könne.

Kurt Kusenberg

Mal was andres
Phantastische Erzahlungen.
Sonderausgabe
511 Seiten. Gebunden (Erzählerbibliothek)
und als rororo 113

Lob des Bettes
Eine klinophile Anthologie mit vielen
Bett-Geschichten und schönen Bett-
Gedichten.
Mit 26 Bildern von Raymond Peynet
Ein Rowohlt-Nachttischbändchen.
240 Seiten. Gebunden

Heiter bis tückisch
13 Geschichten
rororo 4617

rororo

C 81/21

895/4

Kleine Geschenke erhalten die Freundschaft

Oh, bin ich glücklich!
Das geheime Buch für Verliebte (5721)

Oh danke, ich mach das schon selbst!
Das Buch für starke Frauen (5722)

Oh, Mann!
Kleine Stärkung für Adams neuen Mut zum Schwachwerden (5723)

Oh, das kriegen wir schon hin!
Von Lebenskünstlern und unerschütterlichen Optimisten (5724)

Oh, die Katz ist weg!
Über das aufregende Leben mit eigensinnigen Samtpfoten (5725)

Oh, schon Mittag?
Aufgeweckte Geschichten für Langschläfer und Morgenmuffel (5726)

Oh nein, schon wieder Rot!
Unentbehrliche Begleitlektüre für leidenschaftliche Autofahrer (5727)

Oh, ist das komisch!
Geschichten und Späße für fröhliche Leute (5728)

Oh, das tut gut!
Geschichten für Genießer (5729)

Oh, Tor!
Doppelpässe und Abseitsgeschichten für Fußballer und Fans (5730)

Herausgegeben von Meike Wolff.
Jeder Band DM 5,–

rororo

C 2179/1